COLLANA

RISCONTRI FANTASTICI

- 3 -

AA. VV.

INVISIBILI GUERRE

cronache perse tra Oltre ed Altrove

Antologia di racconti brevi

a cura di
Carlo Crescitelli

con il contributo della
Regione Campania

Revisione del testo a cura di

Lorena Caccamo
Facebook: LoreCa Servizi Editoriali
email: loreservizieditoriali@gmail.com

Via Luigi Amabile 42
83100 Avellino
ass.riscontri@gmail.com

Sede legale: via degli Imbimbo 8/E
Sede operativa: via Luigi Amabile 42
83100 Avellino
tel. 340/6862179
e-mail: terebinto.edizioni@gmail.com
www.ilterebintoedizioni.it

INDICE

Prefazione 9
di Carlo Crescitelli

GUERRE LONTANE

Patrioti 17
di Kenji Albani

Sahara 29
di Adriano Viola

Una nuova era 33
di Riana Rocchetta

L'oro dell'alchimista 41
di Corrado Tringali

Le lune del mondo 55
di Giovanni Minio

Vera della Città Ronzante 59
di Felicia Marotta

Io e l'U.F.O. 63
di Patrizia Lo Bue

La foresta dei ragni giganti 69
di Corrado Tringali

GUERRE SANGUINOSE

L'ultima Opera 79
di Angela Battelli

Transcendence 83
di Adriano Viola

Il caso Geremiah Sandoz 91
di Corrado Tringali

La rosa nera 103
di Ida Daneri

Guerre Ultraterrene

Amica del cuore 117
di Cristina Donati

La città d'inchiostro 123
di Alessandro Tozzola

Ti Effe Erre 135
di Pietro Rainero

La promessa del marinaio 143
di Adriano Viola

Il dono 147
di Riana Rocchetta

Guerre Vicine

Tanta soffice neve 159
di Maria Angela Maretti

Il rastrello 169
di Angela Battelli

Perche e il sasso perduto 177
di Anna Bottura

Una storia curda 191
di Monia Minnucci

LE NOSTRE AUTRICI, I NOSTRI AUTORI 209

Prefazione

Ansie di curatore

Non ho mai amato i generi letterari.
Voglio dire la suddivisione in generi.

Neppure quando si tratta, come in questo caso, di un'antologia di genere. Che è qui nello specifico il genere fantastico nelle sue tante declinazioni: *horror* in senso lato inteso, fantasy per quel che l'espressione sta a significare, fantascienza nelle sue mille sfumature derivate, per non parlare di tutte le complicanze ed interconnessioni *action* e *crime* etc. etc. etc. E lo vedi allora quante parole e distinguo per aggirare un semplice concetto, che cioè la materia è varia e difficilmente classificabile?

Proprio come le emozioni di una lettrice o di un lettore come te. Cui fanno da contraltare le ansie di un curatore come me. Il tuo, il mio, il nostro rapportarci al mondo non è quasi mai incasellabile, non trovi? E allora perché continuare a provarci?

E allora ti voglio proporre un gioco.
Una sorta di patto fra noi per superare l'*impasse*.
Per stabilire da subito un nuovo, diverso e più effi-

cace approccio, e non soltanto nei tuoi confronti ma anche e forse soprattutto verso le nostre autrici ed autori, che di certo apprezzeranno il nostro desiderio di maggiore messa in gioco: è proprio quello anzi, che loro si aspettano da noi.

Si era detto: superiamo il genere.

I vani tentativi di classificazione che sottende, che alla fine lasciano sempre il tempo che trovano.

Per focalizzarci su un tema: un tema emozionale.

Io posso proporti il mio, tu potresti fare lo stesso.

Però, visto che sono io il curatore, incomincio io.

Nessuno ama la guerra. Tanto più ora che ci si è affacciata vicino casa o quasi. Nessuno la ama, ovvio; eppure molti ne sono affascinati, se ne sentono catturati, giungono a concepirne la triste necessità. Da che mondo è mondo sono atteggiamenti irrazionali e indecifrabili, con alla base le stesse motivazioni dei nostri conflitti interni e personali. Che poi non sono altro che delle piccole guerre anche quelli, se ci pensi bene. Delle piccole, invisibili guerre. Ecco. Ecco a cosa mi veniva da pensare, leggendo questi racconti che ora stai per leggere tu.

E come sono, queste invisibili guerre? Come fare, per provare a comprenderle, per esorcizzarne in qualche modo l'anima?

Un'idea può essere quella di raggrupparle – adesso sì – per quel che ci suggeriscono, per una qualche loro caratteristica che ci balza all'occhio e che ne accomuna alcune ad altre. Criteri puramente soggettivi, certo: io ti spiego i miei, tu potresti averne altri, anzi sicuramente ne hai altri, e non c'è proprio nulla di strano in questo.

Alcune di queste guerre, di queste invisibili guerre dell'Oltre e dell'Altrove, mi sono apparse in qualche maniera più lontane di altre. E come tali te le voglio connotare. Lontane in che senso? Lontane nel tempo, all'indietro nei secoli *(L'oro dell'alchimista)*, oppure riferite alla cultura lontana e remota di un paese esotico *(Sahara)*, o viceversa oggettivamente lontane nella galassia *(Una nuova era, Le lune del mondo, Io e l'U.F.O.)*; o anche lontane nelle suggestioni del loro immaginifico dipanarsi *(Vera della Città Ronzante, La foresta dei ragni giganti)*, e infine lontane in stretto senso distopico *(Patrioti)*. Questo è come me le sono vissute io: tu avresti potuto e potresti benissimo pensare ad altro, e così l'autrice o l'autore.

Ma andiamo avanti. Veniamo alle guerre che mi sono sembrate più o meno invisibilmente sanguinose. Sanguinose in un contesto criminale di tipo realistico *(L'ultima Opera)*, o invece sotto il profilo squisitamente investigativo *(Il caso Geremiah Sandoz)*, piuttosto che riferite a famosi e definiti luoghi letterari notoriamente connotati dal sangue *(Transcendence, La rosa nera)*. E anche qui, seppur in presenza di collegamenti più immediati e diretti, l'associazione e l'aggettivazione restano comunque un'idea mia, una sensazione mia soggettiva.

Poi, mi sono imbattuto nelle guerre ultraterrene. Queste sono più intuitivamente invisibili – anche se in qualche caso non troppo e non sempre – e così ho scelto per te quelle variamente dedicate a spettri, ritornanti, messaggeri oscuri al di là della morte *(Amica del cuore, La promessa del marinaio, Il dono)*, inedite raffigurazioni dell'oltretomba *(Ti Effe Erre)*, piani di realtà dall'apparenza astraleggiante per non dire metafisica *(La città d'inchiostro)*. Spero sarai su questa mia stessa lunghezza d'onda, ma non mi scandalizzerò se non lo sei.

Da ultime, le guerre vicine. Quelle che abbiamo sotto gli occhi, spesso quasi senza vederle. Quelle combattute nelle nostre case tranquille *(Tanta soffice neve)*; quelle della nostra storia recente, rievocata in ricordi che magari abbiamo ormai frettolosamente rimosso *(Il rastrello)*, quelle che debordano dai social come pallidi echi da paesi distanti meno di quel che sembrano *(Una storia curda)*; e perché no, quelle che popolano l'immaginazione a briglia sciolta dei ragazzi *(Perche e il sasso perduto)*. Così almeno le ho viste io.

E tu? Cosa vedrai, cosa leggerai? Quello che ho visto e letto io, o divergenti saranno le tue piste emotive, dissonanti le note del tuo sentimento? Nei tuoi percorsi di affinità e di gusto sei tu a decidere, perciò ti autorizzo sin d'ora a mandarmi al diavolo e a ricostruirti una mappa di navigazione tua all'interno di queste pagine, se questa mia sequenza non ti piace. Sono sempre stato convinto che ogni libro si possa affrontare da diverse direzioni. È una questione di sapore, di avidità di lettura; e sono sicuro che tu sei come me, se sei ancora qui a leggermi. Perciò, divertiti a rimescolare le carte se vuoi, anzi ti invito espressamente a farlo: riazzera il tutto e incomincia a leggere da dove più ti piace. A questo punto, che tu segua o meno le mie tracce è del tutto irrilevante, al confronto delle nuove interazioni che immaginerai: e chissà che il valore aggiunto non cresca, è del tutto possibile.

Un libro, ogni libro è come un mondo, ed è per questo che ti scrivo queste cose. Il mondo è caotico. Come è caotica la guerra. E troppe volte non ce ne accorgiamo. Le guerre letterarie possono allora essere utili a ribadire quanto siano brutte quelle vere. Grazie di aver letto fin qui, se mi hai letto dal principio, e grazie anche di averlo fatto dopo, se hai già letto prima i racconti, o parte di essi. Spero che queste storie, quelle delle nostre autrici ed autori ma anche le mie parole se magari hai incontrato finora soltanto queste, ti abbiano positivamente intrattenuto, coinvolto, dato da riflettere. E ricorda, te lo ripeto: abbasso la guerra Quella vera. Abbasso la guerra. Sempre.

Carlo Crescitelli

GUERRE LONTANE

Patrioti di Kenji Albani

Sahara di Adriano Viola

Una nuova era di Riana Rocchetta

L’oro dell’alchimista di Corrado TringaIi

Le lune del mondo di Giovanni Minio

Vera della Città Ronzante di Felicia Marotta

Io e l’U.F.O. di Patrizia Lo Bue

La foresta dei ragni giganti di Corrado Tringali

Patrioti

di Kenji Albani

– Questa guerra non va come doveva andare. – Ripose un documento sulla scrivania, poi indicò il planisfero. – L'Africa è persa, gli italiani ci hanno tradito e il Terzo Reich è sempre più ridimensionato.

Gunther stava fumando una Constantin Kaiserpreis. – Non sia così pessimista, signore. Possiamo sempre farcela.

Ernest scosse la testa. – L'Armata Rossa avanza, in Francia sono sbarcati gli Alleati...

– Sì ma in Italia resistiamo, come anche nei Balcani e possiamo sempre confidare nei giapponesi: loro mantengono delle sacche di resistenza in Asia.

– Certo ma non fanno la guerra ai sovietici. L'avessero iniziata quando il nostro capo l'ha dichiarata agli Stati Uniti, forse avremmo già varcato gli Urali.

– Lei è troppo pessimista. – Gunther si dedicò ad alcuni documenti.

– Non sono d'accordo.

Sollevò lo sguardo. – Cosa intende dire?

– Dimmi da quando non vedi casa tua.

– Amburgo è stata bombardata dagli inglesi. Credo che i miei vecchi siano in qualche campo profughi...

– Quindi casa tua è stata distrutta.

Corrugò la fronte per il fastidio. – Diciamo di sì, però non lo so con certezza.

– Ma avanti! – Ernest era infervorato. – Credi ancora alle favole del Führer? Invece che risollevarci dalle crisi degli anni Venti, ci sta condannando a delle distruzioni che... Quanto tempo ci metteremo a ricostruire tutto? Forse non finiremo neanche in questo secolo.

Gunther si infastidì. – Mi spiace ma noi dobbiamo obbedire agli ordini. – Si concentrò sui documenti che aveva sotto il naso.

– Imbecille, vuoi che i bolscevichi arrivino qua mentre intanto tu rimani a credere alle favole del Führer?

Gunther era restio a parlare.

Ernest non si arrese. – Vuoi fare qualcosa per la Germania o lasciare che sia distrutta dalle potenze vincitrici?

– Questo è un discorso da italiano...

– È un discorso da patriota.

– ... vigliacco, codardo, disfattista. Abbiamo un dovere. La differenza tra noi e gli italiani è che noi sappiamo cosa fare, come combattere e di chi fidarci... e se gli italiani invece sono dei gran superficiali che preferiscono pensare alle partite di pallone: affari loro – continuò l'agente.

– Gunther, qua non si tratta di pensare a chi parteciperà alle prossime olimpiadi ma a chi vivrà, chi farà la cosa giusta.

– Lasci perdere questi ragionamenti, signore. Io mi fido del Führer.

– Che strano agente dell'Abwehr che sei. – Ernest scosse la testa e andò via.

Un minuto dopo, Ernest era nell'ufficio del colonnello. – Alcuni dei nostri sono con noi ma non tutti: purtroppo la propaganda nazista ha avvelenato molte menti.

– Lo so benissimo, caro Ernest. Anche se a noi dell'Abwehr non piace il Sicherheitsdienst, abbiamo lo stesso in casa dei convinti nazisti.

– Comunque molti dei miei uomini sono con Lei e anch'io ci sono.

– Sono contento. A luglio ci si aspetta qualcosa ma quella è solo la punta dell'iceberg.

– Ho conosciuto von Stauffenberg. Un imbecille che entrerà nella storia di certo... ma noi agenti segreti siamo gli spazi bianchi sui libri di storia, non è vero, signore?

– Hai ragione. Come va con l'arrivo delle armi dalla Danimarca?

– Ci stiamo armando.

– I tuoi uomini sono pronti a tutto?

– Sissignore – ma aveva esitato un momento.

Il colonnello lo guardò con espressione sorniona. – No, invece.

– È vero. Uno dei miei non è proprio... fedele alla linea dell'Abwehr.

– Di chi si tratta?

– Gunther Stottlemeyer.

– Lo conosco di vista. Be', sbarazzatene.

– Lo devo... ?

– No, certo che no. Se uccidessimo tutti i nostri collaboratori alla minima indecisione, il Sicherheitsdienst ci salterebbe alla gola. Fallo allontanare, intesi? Se abbiamo dalla nostra parte personale che ci si può rivoltare all'improvviso contro, non faremo più nulla.

– Agli ordini. – Ernest fu contento di poter usare il guanto di velluto.

Il colonnello lo congedò.

– Ci siamo. Che posto...

La Foresta di Prussia sembrava un luogo ameno. Dove magari potersi imbattere da un momento all'altro negli *elverkonge* di Goethe o nel drago dei *Nibelungen.*

Peccato che la realtà, a volte, riservi mostri ben peggiori.

Le armi erano arrivate dalla Danimarca. In teoria, le avrebbero dovute usare i reparti che operavano a oriente ma, dopo che erano state requisite ai partigiani, Ernest – grazie a quel gran gioco di prestigio che era la burocrazia, era riuscito a sviarle al battaglione di cui era al comando.

Di fronte a sé aveva il battaglione a bordo degli Opel Blitz. Qualcuno degli agenti fumava, nessuno parlava, tutti si guardavano intorno stringendo MP40 e StG44.

Ernest guardò il suo aiutante da campo. – Tutti pronti?

Era un sottotenente che sembrava aver compiuto la maggiore età solo quell'anno. – Tutti pronti? – ripeté.

I capisquadra annuirono.

Il sottotenente sorrise. – Siamo operativi.

– Bene. Il piano lo conoscete. Muoviamoci!

Il battaglione si suddivise in piccoli gruppi che, come rivoli, penetrarono nella foresta di Prussia.

Qualche settimana prima c'era stato il tentativo di un colpo di stato ma il Führer aveva resistito. Adesso, una purga ben peggiore di quelle russe stava colpendo le gerarchie militari tedesche. Il Sicherheitsdienst aveva decimato l'Abwehr e solo chi aveva partecipato alle persecuzioni si era salvato. Ernest non sentiva il colonnello da tre giorni, non sapeva se augurarsi che fosse stato fucilato subito o internato in un lager per morire di fame; che fosse vivo no, non in quella terra dei morti qual era la Germania.

Ernest era riuscito a scampare agli interrogatori; il colonnello aveva permesso la sua fuga e così, ora che aveva a disposizione il proprio battaglione a organico pieno, poteva colpire. Poi, che vivesse o meno, non importava. Pensava spesso: *muoia Sansone con tutti i Filistei.* Era fastidioso immaginare il Führer come un eroe biblico, ancor di più che i tedeschi fossero i Filistei, ma Ernest era un piccolo uomo di fronte a un regime che fino a quel momento aveva a stento sopportato.

Si vergognò. *Forse avrei dovuto già reagire all'incendio del Reichstag o alla Notte dei Lunghi Coltelli oppure alla Notte dei Cristalli, ma non l'ho fatto. È troppo tardi?* Cercò di non pensarci troppo, soprattutto adesso che la marcia era finita. I bunker del Sicherheitsdienst erano in vista. L'obiettivo era lì.

Si rivolse al sottotenente.

– Sono tutti al loro posto?

– Sì, signor maggiore.

– Avanti.

Le squadre si mossero verso i bunker e quando i vertici giunsero a dieci metri da una sentinella, un StG44 fece fuoco.

Le pallottole crivellarono la sentinella e tutti si misero a urlare:

– All'attacco!

Assalirono i bunker e furono dappertutto. Tra le fortificazioni spuntarono alcune Waffen-SS che si difesero con gli MP40, poi corsero a nascondersi fra le pieghe del terreno. Ernest raggiunse uno di loro e lo prese per la giacca, poi lo colpì sul volto con il calcio della Lüger.

– Dimmi dov'è!

– All'inferno, rosso!

– Io "rosso"? Non hai capito proprio nulla. – Lo colpì di nuovo con il calcio della Lüger.

– Signor Maggiore, lo lasci perdere, abbiamo altri prigionieri qua! – intervenne l'aiutante da campo.

Fece un grugnito scettico ma poi si accorse che il sottotenente aveva ragione. – Va bene, meglio così.

Puntò la Lüger al volto del ragazzo ma questi strillò: – No, no, posso dirle dov'è!

Ernest si accese di interesse. – Sul serio? Dimmelo, allora.

– Ha preso un aereo, è andata a sud.

– Dove?

– In Baviera.

– Al Nido dell'Aquila?

– Sì, esatto.

– Chi mi assicura che dici la verità?

– A nessuno piace morire. Ho famiglia, figli...

– Non dire scemenze, si vede che non hai la faccia da padre.

– Io...

– Basta così. – Ernest gli sparò in faccia.

Gli uomini dell'Abwehr non batterono ciglio ed Ernest andò loro incontro. – Sono questi i prigionieri, no?

Una Waffen-SS sputò a terra, un uomo dell'Abwehr lo abbatté con un calcio alla schiena. – Portagli rispetto.

Ernest rise. – Uccidete questo.

– Agli ordini. – L'uomo dell'Abwehr rise di gioia.

– Se credono che qui scherziamo...

Un attimo dopo un colpo in semiautomatico uccise la Waffen-SS.

– Bene, adesso mi pare di avervi fatto capire che non sto facendo il buffone. – Ernest incrociò le braccia in petto. – Ditemi dov'è o vi faccio uccidere tutti.

Le Waffen-SS si guardarono in faccia, parvero convincersi che era meglio morire più che parlare ma, non appena Ernest agitò la Lüger, uno di loro esplose in un pianto. – So io dov'è!

– Dov'è, allora?

– Ragazzo, taci. – Le Waffen-SS erano nervose.

– Volete esseri uccisi tutti da questi pazzi? Io non voglio. – Tornò a guardare verso Ernest. – È andata a occidente.

– Dove?

– Sta' zitto!

Non diede ascolto al commilitone. – Ad Amburgo.

– Prima quello mi ha detto in Baviera, tu dici Amburgo. Qual è la verità?

– Quello là mentiva, è Amburgo, è Amburgo!

Ernest gli strappò lo stahlhelm dal capo, poi lo tirò per i capelli. – Dimmi la verità o fra poco scoprirai se esiste l'inferno.

– Amburgo, ho detto, *Amburgo*!

Ernest scrutò i volti delle altre Waffen-SS ma non gli furono d'aiuto. – Ho capito. – Lasciò andare il ragazzo. – Uccidete tutti tranne questo, ché dopo lo voglio interrogare per bene.

Le Waffen-SS urlarono ma dopo le raffiche di arma da fuoco tacquero.

Ernest osservò il cielo, per quel che poteva, la foresta era fitta. – Ho voglia di prendere il sole.

Una volta aveva visitato Amburgo e gli era piaciuta ma adesso era tutta un cumulo di macerie. Si ricordò che ne aveva parlato con Gunther. *Che fine avrà fatto quell'agente?*

– Signor Maggiore, siamo arrivati – gli disse uno degli uomini che aveva portato con sé.

Ernest non disse nulla. Scese dalla Kübel e si guardò attorno. Si era aspettato qualcosa di meglio ma non poteva pretendere di più dopo aver visto i cinegiornali.

Si avviò, tallonato dai suoi uomini. Il responsabile dell'Abwehr del posto era un ratto viscido. – Gli Alleati picchiano duro, meno male che c'è il nostro Führer che ci protegge.

Ernest non si era fatto troppe illusioni neppure sul personale che avrebbe incontrato. *Se sono sopravvissuti tutti alle purghe volute dal Sicherheitsdienst...* – Sono qui per altre ragioni. – Gli occhi gli brillarono. – Ragioni bionde.

– Oh ma certo. Da quella parte. – Si comportava proprio come un ratto ed Ernest ne fu disgustato.

Raggiunsero la sede del Partito e all'interno le distruzioni che si era lasciato là fuori erano come fantasmi: tutto era pulito e lindo, neanche fosse mai scoppiata una guerra mondiale.

Il personale osservò i nuovi venuti con paura ma poi distolse lo sguardo. Ernest era compiaciuto: almeno su quello il Führer si era reso utile. Tutti tremavano alla vista di un paio di stivali militari.

Al terzo piano, il ratto cominciò a comportarsi come fosse un magnaccia. – Bisogna pagare, ovvio.

Gli occhi di Ernest si accesero di risentimento. – *Pagare*?

– Sì, certo. Sa, i miei servigi non sono gratuiti.

Un attimo dopo uno schiaffo si abbatté sulla guancia del ratto. – Non mi ripeterò. – Ernest si ripulì dal sangue.

Il ratto era stato messo a posto. – Faccio subito. – Si rialzò in piedi e aprì la porta.

Ernest fece un cenno ai suoi uomini. – Tenetelo d'occhio.

Annuirono.

– Tu e tu, venite con me.

Non si poteva mai sapere, magari dentro c'era qualche minaccia.

E invece no, quella precauzione si rivelò inutile.

Gli occhi di Ernest si accesero di avidità. – Benissimo. Uno degli uomini dell'Abwehr rise. – L'ho sempre detto che è una gran bellezza. Altro che...

A quanto sembrava, quel giorno Ernest si doveva ripetere: diede un pugno all'agente che aveva riso. – Eva Braun è un obiettivo militare, non un pezzo di carne da violare. – Tirò fuori la Lüger, perché una minaccia in più ci stava bene. – Sono stato chiaro?

– Sissignore. – L'uomo si era rimesso in piedi, l'altro fu abbastanza furbo da tacere.

– Esigo spiegazioni! Lei chi è? – Eva Braun si espresse con tono volgare.

– Signorina Braun, lei ora è nostra prigioniera.

La ragazza lo aggredì come se fosse un'arpia. – Comunista, sovversivo, *amico della Rosa Bianca!*

Ernest la mise a posto prendendola per i polsi e poi la sbatté a terra. – Non mi costringa a essere violento, non ne ho voglia.

– Cosa vuole da me, Capitano?

– Sono un Maggiore – la corresse. Non era importante sapere se avesse sbagliato apposta o meno.

– Lei adesso è prigioniera dell'Abwehr. Non resista, sarebbe peggio.

– Adolf ve la farà pagare. A tutti, *a tutti*!

– Non mi interessa. Meglio salvare la Germania che noi stessi.

– Ah, mi volete usare come ostaggio!

– L'idea è proprio questa.

– Allora non avete capito nulla. Adolf vi farà uccidere e... se anche morissi, non gliene importa niente di me.

– Ma... – la sicurezza di Ernest si incrinò.

In quel momento esatto, da fuori risuonarono urla di uomini e latrati di cani, ed Ernest non seppe riconoscere chi fossero gli uomini e chi le bestie.

Eva Braun scosse la testa come se Ernest fosse un bambino vittima dell'Aktion4. – Povero imbecille...

Ernest vide dalle finestre delle Waffen-SS entrare nella sede del Partito; sembravano cornacchie desiderose di sangue. Ernest raggiunse Eva Braun e la minacciò con la Lüger. Nella stanza arrivarono le Waffen-SS che spararono delle corte raffiche di MP40 contro i due uomini dell'Abwehr. Li tranciarono in due, poi i cani li divorarono.

– Maggiore, metta a posto la Lüger – gridò una Waffen-SS.

– No! Io... – Ernest si bloccò perché aveva riconosciuto la Waffen-SS che gli si era parata davanti. – Stottlemeyer, tu qua?

– Sono un patriota tedesco.

– No, un traditore.

– Può darsi. *Vae victis*, disse Brenno.

– Quello era un Gallo Senone, non un Germano.

– Poco importa. – Le labbra si incresparono in un sorriso.

– Lasci libera la signorina Braun.

– Affatto. – La strinse a sé come uno scudo.

– Allora morirà.

– Ed Eva Braun con me. – Ernest mise in canna la pallottola.

– Povero imbecille – ripeté lei. – Non hai capito che ad Adolf non frega niente di me?

– No invece...

– Illuso.

Sia Stottlemeyer che Eva Braun ridacchiarono.

Ernest capì che diceva la verità, allora la usò come risorsa estrema: la spinse contro Stottlemeyer e fece per fuggire ma una delle Waffen-SS sparò ferendolo a un ginocchio.

Ernest crollò a terra ed ebbe paura per via dei cani che si agitavano per sbranarlo ma le Waffen-SS li tenevano saldamente al guinzaglio.

Non sarebbe morto, anche se avrebbe voluto che succedesse.

Si tamponò la ferita al ginocchio e vide Eva Braun fra le braccia di Stottlemeyer. – Mio eroe ariano...

Di fronte agli occhi sbalorditi di Ernest, si baciarono.

Che sia la rivincita dell'amore, qui ad Amburgo? Ernest non lo sapeva più.

Le Waffen-SS lo portarono via.

Sahara

di Adriano Viola

Silenzio, soltanto il silenzio.

Anche il vento sembrava ammonirmi mentre il sale dei granelli di sabbia lentamente scivolava dietro le mie orecchie. Il sole stava per nascere, forse lo avrei visto sorgere per l'ultima volta: non avevo certo molta speranza di sopravvivere sotto ai suoi raggi, qui nell'assoluta assenza di ombra di questo arido deserto.

Che strano, pensavo, ho sempre adorato il sole e allo stesso modo ho sempre temuto le ombre; e adesso, quasi come per paradosso, quel che veneravo mi ucciderà mentre quel che da sempre ho fuggito potrebbe salvarmi. Ma qui non c'è nemmeno l'ombra di un'ombra, pensai sorridendo tristemente.

Ma com'ero arrivato a questo? Quale crudele gioco del destino mi aveva portato a percorrere i miei passi come i grani di un rosario, che inesorabilmente girando in circolo mi avevano condotto fino alla mia croce? In circolo come quegli avvoltoi che già pregustano di banchettare con la mia carne mentre io non ho alcun intento di abbreviare la loro attesa. Ma ne era valsa la pena, pensavo, oppure era solo una magra consolazione cui cercavo futilmente di aggrapparmi, proprio come farebbe un naufrago stretto al suo chiodo rovente, pur di strappare una dolorosa manciata di istanti al triste oblio che incombe su di lui.

La prima volta che sentii il suo profumo ero sudato e sporco di sterco di cammello e fango del Nilo.

Portavo in giro i turisti, gente senza nerbo in cerca di emozioni forti. Non troppo forti ma trasgressive almeno fino al punto in cui potevano essere comprate.

Uomini d'affari grigi dentro, grigi anche con i colori più sgargianti addosso, assieme a belle donne annoiate: mi divertivo a guardare eserciti di mosche intente a punzecchiarle mentre loro si esaltavano arroganti e spocchiose nell'ostentare il loro falso e becero progresso in una terra che aveva una cultura millenaria, risalente a molto prima che i loro avi imparassero a respirare. Ma il mondo cambia, anzi cambia la sua facciata, perché le fondamenta quelle no, tu non le vedi ma restano sempre saldamente ancorate. D'altronde, la gente respirava anche prima che venisse scoperto l'ossigeno e nessun nativo americano è mai morto soffocato prima che il suo continente venisse "scoperto". Il termine giusto sarebbe: stuprato, ma tu vaglielo a spiegare a questi forestieri con le camicie talmente bianche da sembrare finte.

Però lei sembrava diversa. Nei modi, nel respiro, nei capelli. Invece della puzza sotto al naso, aveva il profumo sopra il cuore... quando passava accanto al fuoco, la sera, i cammelli restavano incantati e il mio cane, il mio fedele bastardo, si perdeva scodinzolando al suo seguito, a elemosinare anche lui le sue carezze.

All'inizio ero infastidito, forse addirittura geloso; non eravamo abituati a tanta purezza, impegnati come ci ritrovavamo a escogitare sempre nuovi sotterfugi per tirare avanti: a illuderci di continuare a vivere in quello che invece, senza che ce ne rendessimo conto, non era che un lento morire dentro, un'apnea di vita e di ideali. Eravamo stati contagiati dal morbo della rassegnazione, quella che ti corrode ogni singola cellula, annientandoti dalle radici tra un'oncia di tabacco, un sorso di whisky o la pelle di una sconosciuta: l'importante era sopravvivere alla notte senza fartela entrare dentro.

Alis invece proprio non riuscivo a digerirlo. Proprio non lo sopportavo quel suo inimmaginabile, infinito squallore. Ma portava turisti e soldi e io avevo un disperato bisogno di entrambi.

– Quella donna devi smettere di fissarla, è una signora di alta classe che non ti considera nemmeno un essere umano. Per lei sei un animale come il tuo cane, niente di più. – Alis continuò con quella sua odiosa vocetta stridula: – Ma in compenso suo marito mi ha promesso una gran bella mancia, nel malaugurato caso che alla signora dovesse accadere qualcosa di spiacevole durante la gita. Lui è un politico importante, mi ha detto, e così lei s'è messa in testa di poter cambiare il mondo, scialacquando soldi in beneficenza per costruisce ospedali e scuole, per sfamare i bambini. È pazza e nello stato in cui si trova potrebbe facilmente avere un incidente. Dopo di che, noi potremo starcene a bere birra ghiacciata al Cairo, seduti e riveriti come due veri signori, proprio come fanno oggi questi turisti alla faccia nostra.

La rabbia mi assalì all'improvviso: colpii Alis con un pugno e poi mi diressi verso quell'inglese: dovevo proteggerla ad ogni costo.

Lui era armato ma, nonostante il buco che mi aveva fatto nella spalla, alla fine ero riuscito ad avere la meglio anche su di lui.

E così adesso eravamo rimasti soltanto io, quella donna e il mio cane. Che inspiegabilmente, a un cenno di lei, mi azzannò. Aveva attaccato me, il suo padrone. E poco prima di perdere conoscenza, sentii suo marito che mi prendeva in giro da terra: – Visto? Ha stregato persino la tua bestia... nessuno si salva da quegli occhi!

Ammetto di averci sempre capito poco di donne e a questo punto direi pure di cani. A mio padre non avevo creduto quando mi diceva che quel sacco di pulci figlio di cagna ignota mi avrebbe abbandonato alla prima occasione. E quanto alla signora, beh, chapeau come dite voi, complimenti, da sola e in un colpo ha fottuto me, Alis e suo marito. Ma la sapete una cosa? Non è con lei che ce l'ho: la cosa che mi dà più sui nervi è che alla fine quel bastardo di un cane è stato molto ma molto più furbo di me.

Una nuova era

di Riana Rocchetta

Nell'anno cinquantamila, o giù di lì, della dinastia Beatrix, sul pianeta Setam la popolazione poteva dichiararsi soddisfatta.

La tecnologia aveva raggiunto livelli inimmaginabili e ciascuno poteva aspettarsi di vivere almeno qualche migliaio d'anni. Non esistevano la fame, la povertà e tutte quelle cose che rendono lo stare al mondo un problema da risolvere. Era un regno di pochi eletti che avevano tutto ciò che si può desiderare e le cose andavano avanti da sé.

Qualche millennio addietro avevano acquisito quello che credevano essere il completo controllo sulla materia. Sulla scia di teorie filosofiche molto in voga in quel periodo, si erano dedicati alla ricerca di una dimensione astrale nella quale migrare il corpo fisico, intenzionati a rendersi immortali. Erano sulla buona strada: ancora un paio di generazioni, e poi finalmente l'eternità. A un certo punto però i filosofi cambiarono idea, quando ormai il processo non era più, ahimè, reversibile.

Di aspetto umanoide, i Setamiani possedevano ancora una testa, una faccia, un collo, due spalle, due braccia e due mani che usavano quasi esclusivamente per gesticolare mentre parlavano. Dal petto in giù, invece, per circa un metro e mezzo fino a terra, il corpo svaniva poco a poco fino a scomparire del tutto all'altezza delle ginocchia. Avevano eliminato la necessità di cibo, soprattutto perché, dopo mangiato, il pranzo o la cena svanivano nel tubo digerente spargendo nell'aria odori poco gradevoli. Una dieta costituita da pillole proteiche ad alto potere di assorbimento parve essere la soluzione migliore. Anche la questione della riproduzione era stata risolta. A dir la verità qualche apparato sessuale funzionava ancora ma stava ormai in una dimensione mezza astrale di difficile gestione e scarsa soddisfazione; e anche quelli che funzionavano, con buona pace di tutti, erano talmente pochi da aver risolto ogni eventuale futuro problema di sovrappopolamento. Inoltre, negli ultimi secoli era nato qualche bambino invisibile che non si faceva acchiappare quando combinava guai.

Quel che successe poi fu che i tempi precedenti alla loro trasformazione vennero dimenticati. La noia e l'abitudine presero il sopravvento e iniziò un lungo periodo di decadenza durante il quale i Setamiani passavano tutto il tempo fluttuando da qui a là e da lì a qua intrattenendosi l'un l'altro in un futile chiacchiericcio.

Quasi eterni, dopo millenni dedicati al progresso scientifico e tecnologico che li avevano liberati delle necessità materiali, avevano voluto raggiungere la più alta dimensione spirituale: con il risultato che, avendo tutto, non desideravano più niente e il loro pensiero rinsecchito si era ormai ridotto alla profondità di un ditale.

Quella che si annoiava di più era la principessa Beatrix XXII: raro esemplare di donna intelligente e ambiziosa, se ci fosse stato qualcosa a cui ambire. Camminava, o per meglio dire svolazzava, avanti e indietro per le sale del suo palazzo semideserto, in preda a una perenne insoddisfazione.

Quel giorno stava fluttuando davanti a una parete multischermo e guardava distratta i monitor sui quali scorrevano immagini inviate da universi conosciuti e registrazioni di controllo rubate su mondi in via di evoluzione. Tutte quelle meraviglie non le facevano né caldo né freddo. Luoghi già visitati, pianeti più volte esplorati a bordo del suo invisibile astrojet, che non le avevano mai offerto nessuna suggestione. Altre razze, tutte troppo primitive. Infrequentabili. Creature lardose, quando non bavose e puzzolenti. Popolazioni, villaggi, inizi di civiltà, città, case, artefatti che non accendevano in lei nessun desiderio.

All'improvviso lo sguardo di Beatrix fu attratto da un oggetto rosso mai visto prima. Stava incollato a due estremità di un insignificante abitante di un insignificante pianeta di classe meno quindici. Indegno dell'attenzione di esseri superiori quali loro erano. Mai prima di allora aveva, neanche per puro caso, dato uno sguardo oltre la coltre di ossigeno, azoto e gas di scarico che circondava quel mondo. Nemmeno per un'occhiata superficiale.

Beatrix fermò l'immagine.

Gli oggetti, a ben guardare, erano due, uguali e speculari. Lucidi e appuntiti, stavano ciascuno ritto su un bastoncino sottile, rosso pure quello.

In equilibrio, o forse incastrato dentro quelle incantevoli forme, stava un abitante di quel pianeta; che, invece di fluttuare nell'aria come facevano loro, poggiava sul pavimento con due propaggini legnose che lo tenevano in verticale e che servivano, a quanto pareva, a spostarsi da un punto all'altro dello spazio, danneggiando senza dubbio quelle cose meravigliose alle quali Beatrix non sapeva dare un nome.

Beatrix provò un brivido di piacere lungo tutta la sua mezza spina dorsale. Per la prima volta nella sua vita sperimentò qualcosa di simile all'amore.

La principessa si lanciò frenetica, con i potenti mezzi tecnologici a sua disposizione, in una ricerca transuniversale per capire cosa fossero.

In pochi minuti trovò la risposta che cercava. Ecco: si chiamavano "paio di scarpe da donna col tacco", oggetto alquanto diffuso su un piccolo pianeta, ai margini di un universo di periferia, che si autodefiniva "Terra", e i cui abitanti possedevano appunto un corpo ritto su due bastoni che si chiamavano "gambe", che a loro volta terminavano in due bastoni più corti detti "piedi".

Che sciupio, pensò la principessa. Le voglio, quel "paio di scarpe da donna col tacco" devono essere mie.

Ed è a questo punto che Beatrix commise forse un errore: mostrò l'oggetto dei suoi desideri a una dama di corte.

Si sa che nessuno oserebbe mai contraddire l'opinione di una principessa, e non solo; il parere di Beatrix era tenuto in grande considerazione e così, di bocca in bocca, finì che tutte le donne del regno desideravano almeno una scarpa.

– Ma scusa, Beatrix – le chiese un'amica più sveglia delle altre – noi non abbiamo le propaggini che poggiano per terra, come indosseremo quel meraviglioso "paio di scarpe da donna col tacco"?

Ma la geniale principessa aveva già pensato anche a questo: visto che non possedeva i piedi e non ricordava neppure più cosa fossero, immaginava quel meraviglioso oggetto posato fra i suoi capelli.

– Sulla testa! – rispose pronta. Si accarezzò la complicata acconciatura e fremette di desiderio.

Da quel momento tutti gli abitanti di Setam vollero una o due scarpe da mettersi sulla testa.

E siccome i sudditi di Beatrix si annoiavano quanto e più di lei, all'astuta principessa non fu difficile convincere e radunare una squadra per compiere, dal loro punto di vista, il "colpo gobbo" della Storia.

C'era un problema, però. Il Codice di Comportamento Transuniversale che tutti i pianeti più evoluti erano tenuti a onorare impediva il furto o il saccheggio, di qualsiasi entità, compiuto ai danni dei pianeti più primitivi.

La principessa si stizzì. Che stupida era stata. Se non avesse coinvolto tanta gente nel suo progetto, avrebbe rubato un solo "paio di scarpe da donna col tacco" e nessuno se ne sarebbe accorto. Ma tant'è.

Elaborarono un piano. L'attacco doveva essere organizzato, coordinato, repentino.

Le prime astronavi comparvero a ovest del 34esimo parallelo durante la notte del 29 maggio 2029 (calendario locale).

Potentissimi raggi antimateria sintonizzati sull'oggetto e sulla sua funzione fecero scomparire dalla faccia della Terra tutte le calzature, e relative scatole, nel giro di poche ore. Vuotarono i magazzini, i negozi, le case e gli armadietti delle palestre. Il novantanove virgola novantanove per cento delle scarpe non gli interessava, e lo fecero scomparire e basta. Trattennero solo le scarpe col tacco di tutti i colori e, in ossequio alla loro principessa, pantofole morbide per i sentimentali e qualche mocassino per i burocrati. E poi, per non farsi scoprire da qualche ispettore transdimensionale, fecero di peggio. Sparsero sulla Terra la polvere dell'oblio, la droga usata sul loro pianeta da quelli che volevano ricominciare da zero, e cancellarono dalla Terra, da tutte le lingue della Terra, il vocabolo scarpa con relativi sinonimi, e di conseguenza il suo significato.

Così i Setamiani se ne tornarono a casa con i frutti del loro sciocco capriccio e l'umanità si destò in calzini.

Può sembrare un problema da poco.

Di fatto, però, nel giro di pochissimo tempo si produsse un cambiamento geopolitico di dimensioni bibliche

Mentre in Africa faceva caldo e la maggior parte delle persone era abituata a camminare scalza, al ricco Nord del mondo si gelarono i piedi. Chi poteva permetterselo viaggiava sempre in auto o, alla peggio, in bicicletta, ma gli altri... gli ospedali dovettero attrezzarsi per curare geloni e amputare arti congelati.

Il Nord del mondo iniziò a emigrare verso sud. Alcuni paesi africani divennero enormemente ricchi vendendo pezzi di deserto a prezzo esorbitante a industriali russi che fuggivano dal freddo ai piedi.

Nulla fu come prima.

Devastazioni, carestie, saccheggi e violenze ridussero le città a gusci vuoti, dove i più poveri vagavano e si accapigliavano alla ricerca di qualcosa da mettere sotto i denti.

Mentre i pochi che combattevano contro l'ignoranza e credevano ancora nei valori dello studio e della ricerca cercavano di mantenere vivo il loro sapere riunendosi in sette clandestine nella vana speranza di una rinascita.

Vent'anni dopo.

Una fredda mattina d'inverno, una studentessa di filosofia che abitava in un caseggiato umido e fatiscente in quella che una volta era stata una delle capitali più ricche e opulente dell'Occidente, stava cercando disperatamente qualcosa da bruciare nella stufa. Aveva i piedi gelati e non riusciva a studiare.

I mobili di legno del palazzo e anche quelli delle case circostanti, abbandonate da tempo, erano andati in fumo chissà da quanti anni. Scese in cantina, alla ricerca di qualcosa. La luce non funzionava e scese a tentoni la scala stretta; inciampò in una struttura di ferro, forse un vecchio letto, impossibile da bruciare. Mentre cercava di spostare l'ammasso di molle inciampò di nuovo ma riuscì a mantenere l'equilibrio e infilò un piede dentro qualcosa. Che le parve liscia e confortevole.

La raccolse e la portò in casa, insieme alla gamba rotta di una sedia da bruciare.

Esaminò l'oggetto alla luce della finestra.

Era una scatola, una semplice scatola di cartone. La cosa sorprendente era che, se ci metteva dentro un piede, stava meglio che scalza.

Forse la ragazza era sorprendentemente dotata, forse la droga dell'oblio stava iniziando a perdere potenza, forse gli dei si erano distratti un momento.

La studentessa pensò: devo trovare del materiale per fare un paio di queste cose. Poi le lego ai piedi con delle cinghie, magari le fodero con della lana, e ho risolto il problema del freddo. Sulla scatola c'era una scritta: "Scarpe numero trentotto".

"Le chiamerò Scarpe", pensò la ragazza.

Andò in Africa, dove c'era ancora legno, e si mise a costruire scatole. In poco tempo diventò ricca e famosa. Certo, le scarpe erano piene di spigoli e camminare non era facile: ma era comunque e indiscutibilmente l'alba di una nuova era.

L'oro dell'alchimista

di Corrado Tringali

Jonas l'alchimista vide scorrere dinanzi a sé, in pochi attimi, la sua intera esistenza. Lo sconosciuto dai tratti orientali, la pelle color dell'ambra, gli occhi neri penetranti, lo fissava senza pronunciare alcuna parola.

Jonas si rivide fanciullo: aveva perso entrambi i genitori durante il terribile assedio della sua città natale, aveva sofferto la fame sino allo stremo, si era nutrito di topi e aveva bevuto acqua di scolo, fino ad ammalarsi di febbri infettive. La solitudine, le privazioni e la paura patite durante l'infanzia lo avevano segnato per sempre. Quasi in punto di morte era stato raccolto sul ciglio della strada da un nobile cavaliere italiano, Ugolino, che lo aveva curato e poi adottato, iniziandolo agli studi alchemici. Dato che Jonas sapeva leggere, Ugolino gli aveva aperto le porte della sua immensa biblioteca, facendogli conoscere gli antichi scritti di Ermete Trismegisto, il *Liber de compositione alchimiae* e moltissimi altri testi che parlavano dei concetti filosofici ed esoterici dell'alchimia ma anche della trasmutazione dei metalli e della ricerca dell'elisir di lunga vita. Ma Jonas fu colpito soprattutto dalle letture sul *lapis philosophorum*, capace di tramutare metalli vili in oro. Non aveva mai scordato la fame patita durante l'assedio, la morte dei suoi genitori, le terribili sofferenze dei primi anni della sua esistenza. Aveva cominciato così a sognare di riuscire nell'intento in cui il suo maestro aveva fallito: l'ottenimento della pietra filosofale e, con essa, la possibilità di convertire il ferro in oro e diventare immensamente ricco.

Il padre adottivo si era accorto che gli esperimenti condotti da Jonas erano sempre mirati alla trasmutazione dei metalli e aveva notato la sua frustrazione, ogni volta che veniva confermata l'impossibilità di ricavare oro partendo da altri metalli. Inutilmente aveva cercato di convincerlo che il vero significato della pietra filosofale non era la ricerca della ricchezza materiale ma l'elevazione spirituale e l'aspirazione alla conoscenza assoluta.

Ugolino lo aveva portato con sé nei suoi lunghi viaggi attraverso l'Europa e i paesi che si affacciavano sul Mediterraneo, e Jonas aveva appreso così varie lingue, fra cui l'arabo.

Era stato a causa di uno di questi viaggi che Ugolino si era ammalato di febbri malariche. Alla sua morte, Jonas era ancora giovane e già benestante ma la sua avidità era cresciuta al pari della sua ricchezza. Durante i lunghi viaggi col padre adottivo aveva intuito che i più potenti alchimisti erano quelli di origine araba, eredi di al-Razi e Jābir ibn Ḥayyan. Così, quando si era presentata l'opportunità di unirsi ai crociati per la liberazione di Gerusalemme, non aveva esitato a partecipare all'impresa, sperando di poter trovare in Oriente ciò che non era riuscito a trovare in Occidente.

Anche se a Venezia i crociati si erano imbarcati avendo come destinazione la Città Santa, a causa di un intreccio di vicende nefaste e imprevedibili il grosso della spedizione aveva fatto rotta verso Costantinopoli, la città più grande e popolosa dell'intero mondo.

Jonas si rivide sul ponte della nave, in vista delle mura della città che gli arabi chiamavano *Konstantiniye*, mille volte assediata ma mai espugnata.

Durante l'assedio, non aveva potuto fare a meno di ripensare alle sofferenze vissute in una situazione simile durante la sua infanzia. Eppure non era riuscito a provare alcuna pietà per gli assediati.

Il 12 aprile 1204 le navi veneziane, inclinandosi verso le mura, avevano fatto in modo che le piattaforme sugli alberi toccassero le torri più avanzate. Jonas aveva osservato i suoi compagni lanciarsi eroicamente sugli spalti ma aveva fatto in modo di evitare il primo assalto. In realtà, già quando si era imbarcato non gli importava nulla dell'appello del Papa o delle predicazioni di Folco di Neully. Del resto, la maggior parte dei crociati agognava soprattutto il saccheggio.

Quando la città era infine caduta, un'ombra nera di orrore si era stesa sulle case e le strade. Le atrocità perpetrate dai crociati nei confronti dei bizantini, che erano in gran parte cristiani, avevano superato ogni barbarie mai conosciuta sino ad allora.

Jonas ebbe un fremito cercando di allontanare i ricordi ma la sua mente sembrava obbedire a una forza misteriosa che gli imponeva di rivedere gli avvenimenti di quel lontano passato, come se stessero avvenendo in quell'istante... si muoveva lungo le strade della città in fiamme, fra le urla degli abitanti, passando sopra a decine di cadaveri. Anche lui cercava i suoi tesori, i libri introvabili in Occidente, le officine degli alchimisti, qualcuno che potesse rivelargli gli oscuri segreti di quella che per qualche fondato motivo veniva chiamata

"Città dell'Oro". Gli passarono dinanzi i volti deformati dalla paura mentre la sua spada si conficcava nei loro corpi, gli occhi dilatati dal terrore che rimanevano immobili sul capo separato dal tronco, gli schizzi di sangue che gli arrivavano addosso... ma nessuno di coloro che aveva interrogato in molte lingue diverse gli aveva fornito informazioni utili. Tuttavia, Jonas non era rientrato in patria a mani vuote: nonostante non fosse riuscito a scoprire il segreto della trasmutazione dei metalli, aveva comunque depredato, come gli altri crociati, oggetti di enorme valore. Costantinopoli, per la prima volta nella sua storia, era stata espugnata.

Raggiunta l'agiatezza economica, e con l'aura di eroe crociato, non era stato difficile per Jonas trovar moglie: la bella e giunonica Julie, di famiglia agiata, gli era parsa una scelta conveniente. Da lei aveva avuto due figli, Jean e Geneviève, che erano cresciuti nell'agiatezza. Nessuno dei due si era mai interessato all'alchimia, la quale invece continuava ad essere l'ossessione di Jonas, che dedicava gran parte del suo tempo ai rinnovati tentativi di tramutare i metalli in oro.

Le immagini della sua famiglia scorsero veloci nella sua mente e Jonas non riuscì a trovare un episodio indimenticabile, qualcosa che rappresentasse per lui un traguardo soddisfacente. Così si rese conto che tutta la sua esistenza poteva essere condensata in pochi, cruciali momenti. Uno di questi era sicuramente quello che stava vivendo adesso, da quando aveva aperto le porte della sua officina allo sconosciuto che si era fatto annunciare come Khaled al-Shan, alchimista di Aleppo.

Quell'uomo lo aveva colpito subito per il suo sguardo magnetico, i suoi tratti orientali e il suo eloquio forbito;

durante la visita al suo laboratorio si era reso conto di avere dinanzi uno dei più esperti alchimisti che avesse mai incontrato. Dopo accurate disquisizioni sulle varie forme del "serpente mercuriale", confronti sui rispettivi metodi per la distillazione dell'*aqua vitae*, scambi di informazioni sulle piante medicinali e allucinogene dell'Europa e dell'emirato di Damasco, digressioni sulle procedure di metallurgia, Jonas era ormai convinto di avere incontrato uno scienziato con profonde conoscenze sullo stato della materia e sulle trasmutazioni dei metalli. Si erano seduti al tavolo del suo studio a continuare la conversazione ma Jonas non osava formulare la domanda che lo aveva perseguitato per tutta la sua esistenza. Eppure si rendeva conto che questa poteva essere l'ultima occasione: ormai avanti con l'età e di salute malandata, sentiva che non gli sarebbe rimasto molto da vivere.

Era stato Khaled a precederlo, come se gli avesse letto nel pensiero.

– Io so che tu vorresti conoscere, sopra ogni cosa, il segreto per tramutare i metalli vili in oro.

Jonas aveva sgranato gli occhi; sentiva il battito del suo cuore percuotergli le tempie.

– Io... ho cercato in tutti i modi...

– È semplice ma bisogna avere la pietra filosofale.

L'alchimista di Aleppo fece una pausa. Poi proseguì:
– Io la possiedo.

Così dicendo, Khaled aveva prelevato dalla sua borsa due sacchetti di pelle nera, li aveva deposti sul tavolo, allargandoli per prelevarne il contenuto. Il primo conteneva una diecina di dischi di metallo vile, simili a monete. Dal secondo, Khaled tirò fuori un oggetto tondeggiante, di colore rosso granato ma costituito di un materiale che Jonas non aveva mai visto prima, nonostante conoscesse una enorme varietà di minerali e di sostanze create in laboratorio. Aveva l'aspetto della lava fusa ma l'alchimista lo maneggiava con sicurezza.

– Cosa... – iniziò Jonas ma la voce gli mancò a metà della frase.

– La pietra filosofale. Guarda.

Khaled aveva preso la pietra che sembrava ardere nelle sue mani e l'aveva introdotta nel sacchetto insieme alle monete. Aveva richiuso il sacchetto, lo aveva stretto fortemente fra le mani per alcuni minuti, che a Jonas erano sembrati interminabili. Poi aveva riaperto il sacchetto, ne aveva allargato la bocca, estraendo per prima la pietra filosofale, che aveva subito riposto nell'altro sacchetto. Subito dopo aveva versato rapidamente il rimanente contenuto sul tavolo: dieci dischi d'oro, del tutto simili a quelli che prima erano di metallo. Si era quindi rivolto al padrone di casa: – Controlla.

Jonas aveva allungato le mani tremanti verso quei dischi senza nessuna incisione ma del tutto simili a monete d'oro. Li aveva soppesati e controllati accuratamente. Non c'erano dubbi, si trattava di oro puro.

– Puoi farlo... puoi effettuare la trasmutazione fuori dal sacchetto?

– No. La pietra filosofale teme la luce. Potrebbe perdere del tutto il suo potere.

– Tu... tu sei venuto per vendermi la pietra, non è vero?

– Io posso cedertela ma ha un prezzo molto elevato.

– Dimmi qual è il suo prezzo. Sono certo di poterlo pagare.

– Le tue ricchezze non bastano. Si tratta di un prezzo molto più alto.

Jonas si era irrigidito e un'ombra gli aveva oscurato il volto.

L'altro non aveva mosso un muscolo del viso e aveva proseguito nella sua richiesta: – Dovrai uccidere la persona che hai amato di più in tutta la tua vita.

Jonas aveva avuto un fremito ma non aveva reagito.

– Tornerò domani a quest'ora – aveva aggiunto Khaled. – Sono certo che concluderemo il patto.

Jonas aveva passato una notte insonne ma non era riuscito a liberarsi dall'ossessione che lo aveva perseguitato per tutta la vita.

Quella mattina, come promesso, l'uomo di Aleppo si era presentato all'ora convenuta e adesso era lì, dinanzi a lui, silenzioso come se fosse consapevole del flusso dei suoi pensieri.

Dopo un certo tempo, quando Jonas aveva ormai ripercorso mentalmente tutta la sua vita, Khaled estrasse dalla borsa un'ampolla di vetro contenente un liquido bruno.

– So che hai preso la tua decisione. Sono qui per aiutarti.

– Dimentichi che pratichiamo la stessa arte. Dispongo anch'io di questo potente veleno che ha azione ritardata. Ma capisco che tu voglia delle garanzie.

– Esatto – disse Khaled, con una smorfia sul viso che somigliava a un sorriso beffardo. – La persona che hai amato di più in tutta la tua vita è anche l'unica che tu abbia mai amato: te stesso. Bevi dunque la pozione e avrai un intero giorno per godere della preziosa pietra filosofale. Domani all'alba morirai, sprofondando in una montagna d'oro. I tuoi figli saranno ricchissimi.

Jonas non disse nulla. Dal primo momento che quell'uomo aveva varcato la soglia della sua casa, aveva capito che il suo destino era segnato. Lo sguardo dell'ospite aveva un che di ipnotico. Forse non era solo un alchimista ma un mago capace di evocare entità maligne. Quando gli vide estrarre di nuovo la pietra filosofale dal sacchetto, la sua decisione fu presa.

Afferrò l'ampolla, la avvicinò alle labbra, e tracannò il liquido tutto d'un fiato. Sapeva bene che non c'era antidoto a quel veleno.

– Bene – disse Khaled. – Ecco la tua ricompensa.

Gli lanciò il sacchetto contenente la pietra, che Jonas afferrò con avidità. Aveva già preparato un altro sacchetto di cuoio contenente almeno due libbre di metallo vile. Vi introdusse la pietra e strinse il tutto con le mani come aveva visto fare a Khaled. Dopo pochi minuti, rovesciò il contenuto del sacchetto sul tavolo.

La pietra rosso fuoco spiccava sul grigio del metallo. Nessun mutamento era avvenuto.

Jonas guardò sbigottito il suo interlocutore ma proprio in quel momento Khaled si alzò in piedi, estraendo nel contempo uno spadino affilato dal fodero che portava alla cintura e puntandolo verso l'alchimista.

– Cosa significa? – urlò Jonas, paonazzo di rabbia. – Tradimento!

– Hai ragione, Jonas, nobile e coraggioso cavaliere! Sei stato tradito da un umile mago di Costantinopoli! Il sacchetto che ti ho mostrato ieri aveva un'intercapedine dalla quale mi è stato facile estrarre i dischi d'oro! Temevo che ti saresti accorto del trucco ma la tua avidità senza limiti ti ha reso cieco!

Jonas si irrigidì a sentire nominare Costantinopoli. L'altro intuì i suoi pensieri.

– Ricordi i massacri di Costantinopoli? C'ero anch'io, nel laboratorio di Alì al-Hasan!

Jonas spalancò gli occhi e socchiuse le labbra per dire qualcosa ma non riuscì a parlare. Costantinopoli, Alì al-Hasan... quei nomi lo avevano riportato indietro nel tempo, al sacco della "Città dell'Oro". La sua mente, pur dopo una lotta feroce per resistere a quei pensieri, lo riportò dinanzi al laboratorio di Alì al-Hasan, un alchimista di origine araba. La sua ubicazione gli era stata rivelata da un garzone che vi aveva prestato servizio e che era stato adeguatamente ricompensato in monete d'oro.

Jonas era entrato con la spada sguainata ma non aveva scorto nessuno. Aveva cominciato a osservare gli alambicchi, i forni e altri strumenti che conosceva bene. Stava scrutando l'ambiente in cerca di qualche prezioso manoscritto, quando da una porta sul retro era apparsa lei, la bellissima Aàlia.

Nonostante Jonas avesse già frequentato molte donne, quasi sempre prostitute incontrate lungo i viaggi, lo sguardo di Aàlia, i suoi occhi penetranti, le sue forme perfette, la sua figura che emanava una sensualità a lui sconosciuta, lo raggelarono. La ragazza aveva tremato impercettibilmente al vedere la sua divisa lorda di sangue e aveva intuito le sue intenzioni: dopo qualche attimo di esitazione si era lanciata contro di lui con un pugnale che evidentemente aveva già in mano, cercando di sferrare un colpo mortale. Ma Jonas era stato rapido a schivare il colpo, aveva afferrato il polso di lei e costretto la donna a far cadere l'arma.

Proprio in quell'istante, Alì al-Hasan era entrato nel laboratorio urlando:

– Aàlia, figlia mia!

Così Jonas aveva potuto conoscere il nome di quella splendida creatura che non avrebbe mai più dimenticato.

Jonas aveva estratto la spada col braccio destro, tenendo ferma Aàlia col sinistro. Poggiando la lama sul collo della ragazza, si era rivolto al padre: – Rivelami il segreto della pietra filosofale! Dimmi come tramutare il ferro in oro! Altrimenti uccido tua figlia! Un morto in più oggi per me non fa nessuna differenza!

Alì al-Hasan era impallidito. Aveva cercato di calmare Jonas, provando a spiegargli che la sua richiesta non poteva essere esaudita.

– Calmati, straniero. Ti prego, lascia libera mia figlia! Nessuno, a mia conoscenza, è mai riuscito a tramutare i metalli vili in oro. I più esperti alchimisti di Costantinopoli sono consapevoli del vero significato della pietra filosofale, ciò che viene anche chiamato elisir di lunga vita. La vita sarà lunga se sarà piena e giusta. Una vita sprecata sarà una vita breve e vuota.

A quelle parole Jonas aveva reagito con rabbia, proprio perché lo sguardo dell'uomo, e il timore sincero per la sorte di Aàlia, rivelavano che stava dicendo la verità. Dopo un momento di esitazione, con uno scatto improvviso, aveva conficcato la lama della spada nel petto dell'alchimista.

– Muori allora, la tua vita è stata già abbastanza lunga!

Aàlia aveva visto il suo povero padre accasciarsi al suolo e aveva urlato disperatamente, divincolandosi con tutte le sue forze. Ma questo aveva fatto aumentare la rabbia e il desiderio in Jonas, che sentiva quel giovane corpo contorcersi contro il suo. Aveva lasciato cadere la spada, afferrandole entrambe le braccia per immobilizzarla e aveva poi bloccato la ragazza a terra col suo peso, sinché non era riuscito nell'intento di possederla con violenza.

Quando la sua furia ebbe termine, Aàlia si lanciò piangendo verso il padre, che ormai non respirava più.

– Chi sei, tu, maledetto impostore? – gridò Jonas al suo interlocutore, che lo osservava con volto di pietra.

– Io sono il figlio di Aàlia. Ero un bimbo a quell'epoca ma ho assistito nascosto e tremante alle nefandezze di cui sei stato capace! Tu, l'assassino di mio nonno e il violentatore di mia madre, tu ora pagherai per i tuoi crimini!

Jonas tremava, soprattutto perché le atrocità commesse a Costantinopoli erano lì, davanti ai suoi occhi, come se quei fatti fossero avvenuti pochi istanti prima.

– Non ti ho mentito del tutto – riprese Khaled. – Il veleno che tu hai riconosciuto, e che è senza rimedio, non agisce istantaneamente. Avrai tutta la notte per ripensare alla tua vita passata.

Jonas si accasciò sulla sedia, senza neppure tentare una reazione.

– Addio, misero individuo. Ti lascio a riflettere sulla tua maledizione!

Mentre Khaled spariva alla sua vista, Jonas prese fra le mani quella che con tutte le sue forze voleva fosse la pietra filosofale, poi chinò il capo e poggiò anche il viso sullo strano minerale, socchiudendo gli occhi, e aspettando la fine.

I graffi della mente (Corrado Tringali)

La regina della foresta (Corrado Tringali)

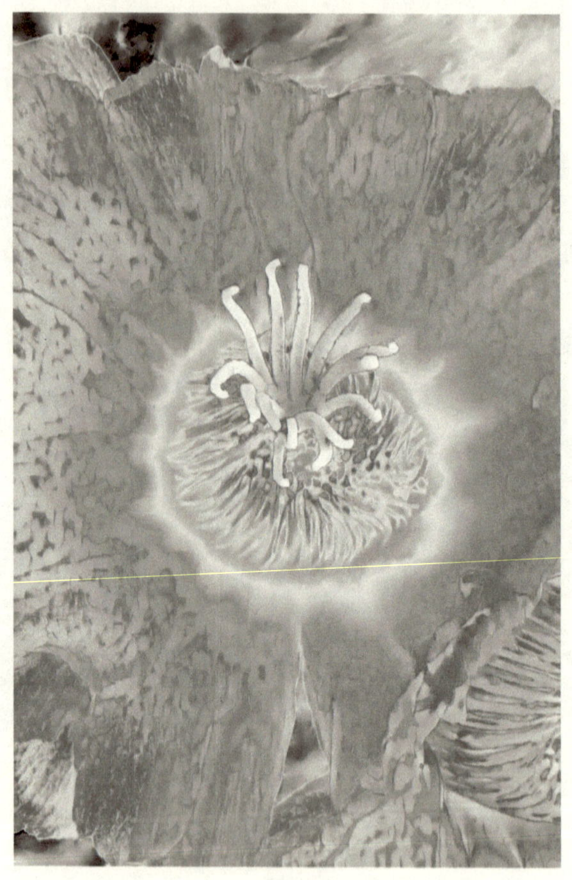

Fiore elettrico (Corrado Tringali)

Le lune del mondo

di Giovanni Minio

Stefano era un bambino di cinque anni.

Amava giocare nella sua stanza con il trenino che gli aveva regalato suo zio.

Spegneva la luce ed i faretti della locomotiva correvano lungo i piccoli binari, facendolo gioire e divertire da matti.

Aveva un amichetto, Marco, che abitava al pianterreno del suo stesso palazzo. Marco aveva un bel giardino dove giocava per ore con le sue due tartarughe e faceva grandi buche nel terreno, trovando ossa e oggetti in quantità.

I due a volte s'incontravano e rimanevano per ore a giocare insieme.

Era l'inizio degli anni Sessanta e a Roma, in quel mese di febbraio, non si parlava d'altro che dell'imminente eclissi solare totale che di lì a pochi giorni si sarebbe vista nei cieli della città.

Stefano e Marco naturalmente avevano sentito parlare dai grandi di questo fenomeno e ne erano rimasti talmente entusiasti e curiosi che avevano preteso di farsi raccontare tutte le notizie possibili intorno all'avvenimento. Così, non solo erano venuti a conoscenza del processo di rotazione della terra intorno al sole, di quello della luna intorno alla terra e dell'oscuramento che si sarebbe verificato per alcune ore, a causa dell'allineamento della luna sull'asse terra-sole, ma avevano saputo anche che, affumicando dei piccoli vetri, avrebbero potuto osservare anche loro tutto il processo senza esserne accecati. L'entusiasmo era cresciuto alle stelle e avevano informato di questo anche la loro amichetta Patrizia, che abitava nell'appartamento di fianco a quello di Marco.

I preparativi fervevano e per alcuni giorni i tre avevano raccolto piccoli cocci di vetro e li avevano affumicati con degli accendini.

Venne finalmente il giorno tanto agognato. Quella mattina presto i tre si trovarono fuori sul marciapiede, davanti al loro palazzo, pronti con i loro pezzi di vetro a guardare su in alto il sole.

Improvvisamente, l'eclissi incominciò.

Il disco della luna pian piano oscurò il sole e in men che non si dica la bella mattina soleggiata si trasformò in una notte buia, gettando tutta la città nelle tenebre.

I tre non credevano ai loro occhi, che continuavano a sbirciare il cielo attraverso quei piccoli vetrini affumicati.

Tutto si era velocemente trasformato.

Poi, di nuovo la luce.

Iniziò da allora il viaggio che questa esperienza generò nel destino e nelle vite dei tre bambini.

Stefano da grande diventò ingegnere aereospaziale. Si sposò, ebbe tre figli e partecipò di persona a importanti e complesse missioni spaziali che portarono l'uomo su Marte.

Patrizia diventò biologa e, dopo varie storie d'amore andate male, si trasferì in Africa, dove si diede allo studio ed alla cura delle specie animali in via d'estinzione. Marco invece, che era il più introverso dei tre, fu talmente colpito dall'eclissi, che da allora la sua vita fu seriamente compromessa da ciò che aveva visto.

Cominciò a sognare a occhi aperti.

A vedere soli che si spegnevano. Universi risucchiati in buchi neri. Dimensioni spazio-temporali che s'intersecavano.

Di notte vedeva stelle nane, quasar, atomi, elettroni, particelle subatomiche.

Guardava il cielo e fissava la luna.

Divenne un visionario.

Crescendo, cominciò a immaginare un mondo dove i popoli erano tutti uguali, dove non esistevano più guerre e violenza, un mondo pieno d'amore.

Fu preso per matto.

Ricoverato in vari Centri d'Igiene Mentale e imbottito di psicofarmaci.

Ma la vita aveva riservato ai tre altre sorprese.

Il palazzo dove abitavano da piccoli nel quartiere San Giovanni ebbe un cedimento delle fondamenta e i tre, che avevano ereditato le case, furono convocati dal condominio per un'importante riunione nella quale decidere che interventi intraprendere.

Così, l'ingegnere aereospaziale, la biologa ed il visionario, divenuti grandi e giunti ormai a una ragguardevole età, dopo tanti anni si rividero.

Si abbracciarono calorosamente e ricordarono la prima infanzia.

Ne nacque una seconda grande amicizia.

Misero insieme le loro risorse, le loro forze e le loro ricerche, e si dedicarono a nuovi progetti.

Era ormai il 2033.

Da fonti molto attendibili avevano saputo che una stella nana, Futura 415, avrebbe affiancato di lì a poco il sole, apportando enormi cambiamenti nel sistema solare e in tutta la vita sulla terra.

E si rimisero d'accordo.

Partirono tutti e tre per la luna, dove avrebbero potuto osservare meglio il fenomeno.

Il nuovo sole si allineò al primo.

Le lune, allora, si moltiplicarono.

Divennero dieci, cento, mille.

Il mondo si riempì di lune.

E brillarono nell'universo.

I poeti iniziarono a cantare strofe senza fine.

I bambini continuarono a giocare nelle campagne e nelle città.

Ma da allora niente fu più lo stesso.

Vera della Città Ronzante

di Felicia Marotta

Vivo nella Città Ronzante, dove esseri alati costruiscono ponti, terrazzi e giardini adagiati sul tronco di alberi millenari, che si elevano in altezza e riempiono di vitalità il cielo. Vivo tra questi terrazzi, adorni di piante e di fiori che hanno petali che sembrano di vetro smerigliato e di ambra, e gambi sottili come filo ramato. Vivo tra profumi stordenti e colori accesi che escono direttamente dagli occhi e dalla bocca di noi esseri alati. Se parlo le mie parole profumano l'aria, se guardo cospargo intorno materia colorata. Noi stessi siamo i generatori e i custodi del nostro habitat. Lo creiamo, lo rigeneriamo e lo proteggiamo.

Mi presento. Io sono Vera, un'abitante alata della Città Ronzante. Sono sottile come uno stelo ma uno stelo con ali. Noi esseri alati siamo unici nel nostro genere, delle particolarità con colore. Nelle nostre vene scorre sangue e linfa e un nido di rami racchiude il nostro cuore.

Per noi il tempo non esiste, viviamo in un eterno presente fatto di un susseguirsi di emozioni e di sentimenti per lo più inconsistenti. Io passo di ora in ora tra molli esperienze e la mia mente non ne trattiene nessuna; è come se la coscienza fosse abbagliata dal sole in cui viviamo le nostre vite. Cambierò domani e sono diversa da ieri? Non mi è dato di ricordare e non ho il potere di prevederlo. Il rumore dei nostri voli leggeri copre ogni memoria.

Non conoscevamo emozioni negative. Poi un giorno, all'improvviso, tutto cambiò. Calò il buio: all'improvviso. Guardando il cielo, vedemmo il quadrato di una notte nera e una fredda luna senza luce che si avvicinavano minacciosi alla Terra, incorniciando un repentino e sinistro prodigio. In quel quadrato di tenebra comparve, come una cupa minaccia, una Cosa latrante e apparentemente senza palpiti: una Cosa senza cuore. Capimmo subito che, a differenza di noi, era un essere dotato di esperienza e che incombeva sulla nostra città come un rapace. Era ancora abbastanza distante ma si avvicinava, minacciandoci dal cielo. Nel giro di qualche giorno, ci avrebbe attaccati.

Una nuova e sgradevole emozione iniziò a serpeggiare tra i giardini pensili: la paura. Per la prima volta, noi esseri alati provavamo apprensione e ansia per il domani. Ci scordammo di impollinare i fiori, di far cadere la rugiada sulle foglie, di colorare i boccioli appena nati. La Regina della Città Ronzante allora mi convocò nel suo antro d'erba, sulla cima dell'albero di canfora, il più alto di tutti, e mi affidò la missione di recarmi dalla Madre della Terra, in cerca di consiglio. Non mi era chiaro perché avesse scelto proprio me tra tutti gli esseri alati ma mi misi subito in viaggio.

Ogni viaggio ha uno scopo, una meta e un bagaglio. Io partii portando con me solo la mia fuggevole vita, la mia esile esperienza e negli occhi la bellezza del mio mondo. Volavo lontano dalla mia città per cambiare il destino della mia gente ma senza capire veramente il significato della parola destino. Per la prima volta avrei dovuto orientare il mio agire verso il futuro, pur non riuscendo a coglierlo.

Volai per ore senza mai fermarmi. Giunsi stremata all'altare della Madre della Terra, implorando sostegno e aiuto nella lotta contro la Cosa. I miei doni per Lei erano bulbi e polline raccolti da noi esseri alati, simbolo di nuova vita, e poi miele prodotto dalla nostra Regina. Ai piedi dell'altare comparve all'improvviso una stele:

In un qualunque sasso di fiume o di mare
è racchiusa la tua forza
e la chiave del tuo valore e del tuo mondo.

Vicino all'altare scorreva effettivamente un fiumiciattolo. Vi raccolsi un sasso che potesse stare nella mia mano. Era scabro e per niente letale, ne ero consapevole. Così, accompagnata da dubbi come non avevo mai provato, volai di ritorno verso casa. Conservai il sasso nella bisaccia dei semi e non me ne separai più.

Arrivò il giorno della battaglia. La Regina mi disse che ero io la prescelta a combattere la Cosa. Da quando ero nata, la nostra sovrana aveva capito che io non ero come gli altri esseri alati. Avevo più determinazione nel mio sguardo, una vitalità maggiore e una grande smania di avventura. Crescendo, stavo per dimenticarmi delle mie predisposizioni ma ora la situazione di pericolo richiedeva proprio le mie qualità, e io non esitai. Ero guidata da un cieco attaccamento alla mia città e alla Terra stessa ma mi sentivo anche vulnerabile.

Quando la Cosa piombò verso la Terra, portando con sé la sua cornice di tenebre, mi ci diressi contro. Non avevo armi vere con me, né un'armatura. La mia forza erano solo l'incoscienza dell'età e il coraggio di una farfalla. Incrociai i suoi occhi spenti e vidi subito la sua determinazione e la sua brama. Per la prima volta, ebbi paura di morire. Ben presto mi ero ritrovata costretta nella sua morsa e la polvere dorata incominciava a cadere dalle mie ali. Stretta nell'abbraccio mortale di quella orribile Cosa, scoprii che cosa fossero il male e il dolore. Nello stesso tempo, però, scoprii anche il loro rimedio: la mia mente, infatti, cominciò a divagare. Mi riaffiorarono ricordi felici di quando ero piccola, immagini di città diverse e bellissime che avrei voluto visitare, speranze di un futuro pacifico per la mia gente. Ricordi, progetti e speranze erano in quel momento un balsamo consolatorio. Ma le forze mi abbandonavano.

Poi, all'improvviso, l'essere lasciò la presa. Io provai a battere le ali per volare ma precipitavo nel vuoto. In quel momento allora altri esseri alati accorsero in mio aiuto. Dietro di me avvertii il sostegno di due, quattro, cento ali. Ero di nuovo sospesa nell'aria e sostenuta dai miei amici. Riacquistai coraggio, presi il sasso di fiume dalla bisaccia e, in una nuvola di semi, lo scagliai nelle fauci di quell'arido mostro, mai pago di brama e dispensatore di morte.

La Cosa, ingurgitando il sasso e toccata dai semi, evaporò in una nube nera e scomparve, come se non fosse mai esistita. Nessuna minaccia incombeva ora più sulla nostra Terra. La luna continuava a risplendere ma questa volta era una luna buona, che vegliava sulla nostra vittoria.

Io e l'U.F.O.

di Patrizia Lo Bue

Mi aggrappavo ai rami rugosi come se fossero le braccia di una nonna anziana. Mi arrampicavo sugli ulivi con l'agilità dei miei piccoli anni, nei giorni caldi dell' estate, in quel fazzoletto di campagna siciliana adagiata sul monte. Era un luogo fantastico, quasi incantato, di appartenenza ancestrale, in cui la foresta faceva da padrona e la nostra piccola casa, chiusa durante i mesi invernali, si animava improvvisamente con il nostro arrivo. Appena arrivati si sentiva giungere il profumo delle grandi querce, degli ulivi, dei pini, degli abeti che la circondavano e con la loro grande ombra offrivano quella frescura piacevole che ci difendeva dal caldo afoso tipico delle nostre zone.

In quegli anni ormai lontani, che adesso ricordo con nostalgia, vivevo immersa nella fantasia, intenta a produrre disegni che finivano col riempire numerosi album, e mi immedesimavo nelle storie che fabbricavo con la mente, mentre scalavo gli ulivi. Ora il povero ulivo diveniva un castello in cui venivo tenuta prigioniera da gente cattiva o da un drago comparso da chissà dove, ora diveniva un fortino di guerra, dove – con i miei cugini con i quali giocavo – combattevo per la libertà da strani invasori. Con i miei semplici sandalini, pantaloncini corti e capelli lunghi legati in treccine, poggiavo i piedi nelle nodosità naturali che sporgevano dall'albero, mi aggrappavo ai rami come fossero braccia sicure e poi sceglievo il posto che verosimilmente poteva ricordare un sedile su cui poggiarmi e rimanervi, come se fosse stata una casa.

Il tempo assumeva una dimensione diversa, che mi apparteneva, lontano dai libri di scuola e dagli altri impegni. Ogni tanto giungeva il vento che partiva dall'Africa: caldo, in nuvole di sabbia rossiccia, e nel suo viaggio si infiltrava ovunque sibilando, asciugando foglie e i piccoli germogli che tentavano di venir fuori; togliendo il respiro, diffondendo una cappa insopportabile persino lì, su quel monte che si stagliava in altezza, distinguendosi nel panorama ondulato delle colline ricoperte di grano o rovi selvaggi dove la terra veniva abbandonata o rimaneva incolta. A volte, gruppi di nuvole si raccoglievano e coprivano la cima del monte, e non era raro sentire il brontolare dei tuoni cui seguiva implacabile qualche piovasco. Dopo la pioggia, l'odore della terra bagnata si diffondeva nell'aria ripulita e fresca.

Non esisteva la noia, vivevo in uno stato di spensieratezza assoluta, in una dimensione lontana dalla realtà che mi costruivo, fantasticando mille favole diverse, giorno dopo giorno; e quei mesi estivi li vivevo in una sequenza incantevole. Quel vivere la natura in quel luogo incantato coinvolgeva un po' tutti in famiglia, specie la sera. Come dimenticare le serate e anche le notti; quando il sole scivolava via dietro il monte e le ombre invadevano gli spazi, si accendevano le prime luci delle case e si apriva ai nostri occhi il sipario dello spettacolo più bello del mondo: il cielo illuminato da miliardi di stelle, costellazioni, galassie e altri corpi celesti in tutta la loro meraviglia. Era una sensazione stupenda contemplare astri e pianeti, con una luna dominante che rubava la scena nel suo transito notturno e si mostrava sempre più grande, sino a diventare piena, per poi lentamente a ritroso, nel processo inverso, iniziare ad assottigliarsi fino a divenire un solo spicchio luminoso.

Non poteva mancare la ricerca della nostra galassia, la via Lattea, con il suo strascico nebuloso che irrompeva nel cielo buio, così come la ricerca sistematica dell'Orsa Maggiore e della Stella Polare. Ma non eravamo soli. Ecco elevarsi il concerto delle cicale, il tubare dei colombi, il verso dell'assiolo che si ripeteva monotono, occhi brillanti di rapaci notturni potevano intravedersi tra le ombre dei rami degli alberi mentre l'aria si colmava delle fragranze delle piante e dei fiori. Mille erano gli interrogativi che amavamo argomentare, tante le spiegazioni e i misteri da studiare. Un fermento mentale inarrestabile ci coinvolgeva e ci incuriosiva, ed estremamente affascinati cercavamo spiegazioni di quanto scienziati e studiosi analizzavano nel loro lavoro e impegno quotidiano. Consapevoli a priori dei nostri limiti, desideravamo impadronirci di verità e di scoperte che ancora faticavano a essere definite. Lo sbarco sulla luna non era ancora avvenuto e gli studi astronomici ancora faticavano a trovare collocazione nel marasma di incredulità, diffidenza, pregiudizi, povertà di finanziamenti e politiche poco efficaci.

Eppure sarebbe avvenuto proprio lì, nel luogo delle nostre radici e della memoria familiare, durante quelle vacanze, in una di quelle calde serate estive ormai lontane, un incontro che ci avrebbe in qualche modo segnato e avrebbe modificato anche il nostro pensiero e il nostro modo di guardare l'universo.

Una di quelle sere speciali. Seduti sulle sdraio nel terrazzo, quando sopra di noi si stendeva l'universo infinito, si chiacchierava del più e del meno e io, più piccola rispetto agli altri e poco chiacchierona, stavo in ammirazione sperando di cogliere la rapida striscia luminosa di una stella cadente per poter esprimere un desiderio, ma ecco che quella sera d'improvviso succedeva qualcosa di strano: la luna stava forse per cadere? Un disco luminoso simile a una grande luna piena sembrava stesse abbattendosi sopra le nostre teste e questo disco diveniva, minuto dopo minuto, sempre più grande. Sbigottiti da quella visione, ritti in piedi, guardavamo quell'oggetto che sembrava essersi materializzato dal nulla. Il colore argenteo del disco era circoscritto da un alone luminoso che l'avvolgeva, mentre nella parte sottostante, nella pancia, alcune luci, simili alle macchinine delle giostre dei luna park, scintillavano brillando in sequenza alternata di colori vivaci e brillanti.

Cos'era quel disco che avevamo davanti? Si trattava di un U.F.O.? Colpiva la rapidità con cui l'oggetto si muoveva nello spazio, si ingrandiva al punto da vedercelo quasi addosso e subito dopo si rimpiccioliva fino a diventare un puntino. Sembrava di assistere ad uno spettacolo messo in scena solo per noi, colpiva l'improvviso silenzio e la grandezza di quella visione che irrompeva nel cielo della campagna di quell'angolo di Sicilia, sgomentandoci con il suo mistero.

– Cosa sarà mai? – commentavamo.

– Dovremmo avvertire i carabinieri! – esclamavamo quasi in coro, con voci concitate.

– Ci uccideranno! – si urlava in preda allo spavento.

– Nessuno ci crederà mai! – E questo era proprio vero. Ancora oggi, dopo migliaia di avvistamenti e nuovi studi, gli sguardi sono sempre colmi di diffidenza e le frasi sono del tipo: chissà cosa avete visto! Oppure: avete immaginato chissà che!

Insomma le pensavamo tutte ma nessuna sembrava quella giusta da fare o da ipotizzare. Impauriti ci stringevamo tra noi, balbettando frasi tipo: ma cos'è? Andiamo via, scappiamo!

Ma tutto sembrava rimanere immobile, compresi noi, rigidi e atterriti, come se un mago invisibile con la sua bacchetta avesse cristallizzato tutto con la sua magia.

Poi entrammo in casa, spegnendo ogni luce e, nascosti, spiavamo dalle finestre. Anche il disco finalmente si fermò, stazionando sopra il terrazzo. Vi erano alieni al suo interno? Mi piaceva pensare che potesse trattarsi di un U.F.O. con il suo piccolo alieno smarrito nella galassia, che con la sua figuretta goffa sarebbe sceso di lì a breve da una scaletta comparsa all'improvviso dalla navicella spaziale, oppure con sgomento temere che potesse essere un U.F.O. pieno di alieni malvagi pronti ad attaccare la terra.

Credevamo di sognare ma l'immagine di quel disco argenteo non era certo una visione, era lì davvero. Quanto tempo trascorse? Un attimo, oppure delle ore? Chi poteva dirlo? Nessuno di noi riusciva a parlare, tanta era l'emozione e la paura che si erano impossessate di noi.

Poi, lentamente, la luce bianca che avvolgeva l'U.F.O. si scompose in tanti cerchi colorati che iniziarono a roteare tutti insieme. Improvvisamente chi governava la navicella sembrò aver rinunciato, oppure aver obbedito a un ordine differente, e velocemente si allontanò, divenendo rapidamente un puntino per poi sparire nel buio della notte.

Tutti noi rimanemmo così, similmente agli uomini primitivi che scambiavano il sole per un dio, spaventati ed elettrizzati da tutto quello a cui avevamo assistito. Uscimmo dalla casa con la consapevolezza di aver vissuto un'esperienza pazzesca e che in qualche modo ci aveva cambiato.

Quell'esperienza aveva avuto anche su di me un effetto sconvolgente e sentivo, malgrado l'età, la mia mente aprirsi a orizzonti molteplici e a guardare il mondo con occhi diversi, mentre la nostra terra diventava improvvisamente un puntino immerso in uno spazio infinito e in cui tutto è ancora da scoprire e studiare.

L'osservazione dell'universo, uno spazio dai confini sconosciuti, denso di misteri e di interrogativi, era già praticata nelle antiche e grandi civiltà del Mediterraneo, e portava inevitabilmente ad accostarne lo studio ai quesiti sulla vita e sulla morte, sulla stessa origine umana e sulla possibile vita su altri pianeti.

I giorni continuarono a transitare nel loro percorso previsto e nella loro routine quotidiana ma il senso della grandezza, la meravigliosa visione dello spazio siderale infinito, rimasero impressi in noi per sempre, stratificandosi nei siti nascosti della nostra memoria più profonda. Indelebile come un bene di valore che ancora oggi conservo in uno scrigno prezioso: il ricordo di quei giorni d'estate, di quelle emozioni irripetibili e in particolare di quell'incontro ravvicinato con un oggetto non identificato, venuto da chissà quale pianeta e da chissà quanti anni luce per giungere nel suo viaggio affascinante nel nostro piccolo mondo.

La foresta dei ragni giganti

di Corrado Tringali

– Questo racconto è per te – le disse, porgendole i fogli, che lei afferrò trepidante, cominciando a scorrere con lo sguardo le prime righe.

– Per me? – lei rispose, quasi divertita – In che senso? Dedicato a me?

– Ecco... non proprio, è scritto per te, non ci sarà nessun altro a leggerlo. Non è *dedicato a te*, è *per te*.

Lei allargò gli occhi, quasi per leggere più avidamente.

– Ma... mi pare che parli di viaggi – aggiunse, un po' esitante – viaggi in posti lontani, in terre sconosciute.

– Viaggi, sì... i viaggi che faremo insieme.

– Che avremmo potuto fare insieme, vorrai dire.

Lei lo guardò dritto negli occhi, questa volta, e come un velo di malinconia le attraversò lo sguardo. – Siamo vecchi e stanchi, ormai – disse. – Abbiamo viaggiato molto, lo sai.

Ma lui le prese la mano, sorridendo. E anche lei sorrise.

– Invece scopriremo ancora nuovi mondi, vedrai.

Mentre lei scorreva le righe sdraiata sul divano, lui si sedette dietro di lei, facendole da spalliera col proprio petto, e la sentì rilassarsi.

– Leggi tu, ti prego – disse lei.

Allora lui accostò il viso al suo e cominciò a leggere ad alta voce, così che lei potesse socchiudere gli occhi e ascoltarlo.

– Cavalcheremo sino al limitare del deserto di Mu, risalendo le dune scarlatte per assistere al tramonto del sole; salperemo dalle rive di Salmoral per raggiungere le sperdute isole Attu ed esplorare le nove montagne incantate; scaleremo le cime inviolate del monte Yang, là dove solo le creature della neve sono arrivate; busseremo alla porta della fortezza di Ooty, dove vive protetto l'ultimo sciamano; cammineremo a piedi nudi nella foresta dei ragni giganti, per raggiungere infine la cima delle piramidi di Tazcoal ricoperte di muschi...

– Leggimi del tramonto sul deserto di Mu – disse lei, tenendo gli occhi chiusi.

– Tre giorni di cavallo sono necessari per giungere al limite delle dune – proseguì lui – qui inizia il deserto di Mu. Solo i nomadi di Al-Shaqa oltrepassano questo limite e a loro dobbiamo la descrizione del pietroso Wadi Baharan e delle dune scarlatte. Da qui in poi il viaggio può proseguire solo a dorso di cammello, e per questo ci affiancheremo alle lunghe carovane dei nomadi; non incontreremo oasi per giorni, sinché la sabbia non assumerà il colore della ruggine e poi quello del sangue: lì, improvvisamente, ci apparirà il Lago Azzurro, dove potremo rinfrescarci. Aspetteremo il tramonto sulla cima della duna più alta e, quando tutto l'orizzonte sembrerà in fiamme, scorgeremo l'elusivo raggio verde. Appariranno poi le nubi nottilucenti, brillanti nel crepuscolo; grigie allora ci sembreranno le dune, poi colore dell'indaco e infine nere come la notte. Il cielo si cospargerà di una miriade di luci lontane, che guarderemo fino allo sfinimento: immancabile, una cometa attraverserà lo sciame di stelle e noi pronti esprimeremo un desiderio...

– E le isole Attu? Come arriveremo alle nove montagne incantate?

– Le lontanissime isole Attu, disperse al centro dell'Oceano, si possono raggiungere solo a bordo dei velieri che partono dalla lontana baia di Salmoral, l'ultimo porto che si affaccia sull'Oceano. I marinai che governano queste navi non accettano denaro ma solo le "conchiglie che cantano"... rare da trovare persino nei mercati della regione che si affaccia sul mare. Dovremo quindi peregrinare alla ricerca delle conchiglie e quando ne avremo a sufficienza, ci imbarcheremo per un lungo viaggio. A causa di imprevedibili e forti correnti marine, e della mutevolezza dei venti, non è dato sapere quanti giorni richiederà questo tragitto; dopo un certo tempo, però, il gabbiere di vedetta sulla coffa dell'albero maestro scruterà ogni mattina l'orizzonte; lo sentiremo infine urlare annunciando di avere scorto la cima delle nove montagne incantate emergere dalle nebbie che circondano la maggiore delle isole Attu...

– Leggi più avanti – lo interruppe lei – parlami del monte Yang...

– Nonostante non sia la cima più alta fra quelle che circondano l'isolata valle di Shuanzheng, nessuno è mai riuscito a raggiungere la vetta del monte Yang. Prima dell'ultimo, ripido pendio, il monastero più isolato della terra accoglie i visitatori temerari come noi. I monaci interromperanno la preghiera per offrirci il *po cha* al burro di yak e ci chiederanno come mai siamo giunti sino a quel luogo remoto. Noi risponderemo che è semplicemente uno dei nostri viaggi e cominceremo a narrare loro i nostri viaggi precedenti. Solo dopo molte settimane il monaco anziano ci parlerà delle creature della neve. E quando avrà la certezza che saremo pronti per l'ultima scalata, ci affiderà a loro. Noi non le vedremo, perché questi esseri si mimetizzano con la neve e risultano perfettamente invisibili; ma ci guideranno nella scalata, indicandoci con il loro tocco lieve il sentiero sicuro per evitare crepacci e slavine. Finalmente, ci accorgeremo di essere giunti sulla vetta e ci abbracceremo felici: nessun essere umano ci avrà preceduto in quel luogo circondato da nubi perenni.

Il respiro di lei si era fatto tenue; lasciò scivolare i fogli per terra e girandosi verso di lui gli sussurrò nell'orecchio: – L'ultimo sciamano, raccontami della fortezza...

– La medicina più antica è ormai sconosciuta agli umani – continuò lui. – Solo uno sciamano sopravvive e tutta la conoscenza è stata riversata in lui dagli altri sciamani, prima del loro ultimo giorno. Per questo lo sciamano vive protetto nella fortezza di Ooty; è cieco ormai e solo in casi rarissimi si può essere ammessi al suo cospetto. Per raggiungere la fortezza, dovremo risalire per settimane il fiume sacro e ancora per altri lunghi giorni farci trasportare dagli elefanti nani, gli unici che conoscano la strada. In mezzo alle rupi, brillante con le sue cupole dorate sullo sfondo del cielo azzurro, ci apparirà infine l'inespugnabile fortezza. Giorno e notte i suoi spalti sono percorsi dalle numerose vedette, uomini selezionati appartenenti a una stirpe di poche famiglie i cui discendenti sono dotati di una vista superiore a quella dei falchi e delle sule.

Percuoteremo l'enorme portone con il pesante batacchio e aspetteremo pazienti che uno dei custodi venga ad aprirci. Anche loro sono vecchissimi, gli occhi solo fessure in un tessuto di rughe che emerge da una lunghissima barba bianca. Ci chiederanno i nostri nomi, perché lo sciamano conosce già i nomi di tutti coloro a cui è concesso di arrivare sino a lui. Alloggeremo nella torre più alta e dovremo affrontare il digiuno per purificare i nostri corpi prima di poterlo incontrare. Berremo l'acqua di una fonte segreta, all'interno delle mura, che sgorga dalla nuda roccia.

I custodi saranno sempre con noi e non potremo uscire dalla fortezza sino a quando non saremo pronti per l'incontro con lo sciamano. Quando infine saremo portati al suo cospetto, inginocchiati davanti a lui, ci offrirà da bere un infuso di erbe che crescono solo nel giardino della fortezza; poi ci imporrà le mani sul capo, mormorando in una lingua a noi incomprensibile. Così guariremo dalle nostre future malattie e ritroveremo la forza e il vigore per affrontare nuovi viaggi. Allora...

– Leggimi della foresta dei ragni giganti, ti prego... – lo interruppe di nuovo lei.

Lui la sentì su di sé, leggera; percepì un brivido che le correva lungo la schiena.

– Giungeremo infine – proseguì lui – al limitare della foresta dei ragni giganti; e qui le notizie di cui disponiamo sono frammentarie, perché pochi hanno fatto ritorno da quelle terre inesplorate e i loro racconti solo raramente coincidono. I ragni giganti tessono le loro enormi ragnatele fra gli altissimi fusti delle palme, sopra il sottobosco animato da creature striscianti. Solo a piedi nudi è possibile attraversare la foresta, perché le creature striscianti non hanno timore dell'uomo ma temono le dieci dita dei loro piedi, che considerano orribili e pericolosi esseri, dotati di volontà indipendente da quella degli umani. Lei increspò le labbra in un sorriso appena accennato.

– Di giorno – continuò lui – le ragnatele quasi invisibili catturano ogni genere di uccelli, e appaiono cosparse di piume iridescenti di mille colori diversi; dopo il tramonto, la viscosa seta inizia ad emettere una luce azzurrina che attira creature volanti di ogni tipo ma i pipistrelli che vivono nelle grotte di Baktir sono abilissimi nello scansarle e riescono facilmente a passare fra le maglie. Se una malcapitata falena rimane impigliata nella rete, ecco precipitarsi su di lei l'ottuplice sguardo, capace di uccidere prima ancora del veleno.

Seguendo gli arabeschi luminosi costruiti dai ragni, procederemo anche di notte, per giungere infine al sentiero che conduce alle piramidi di Tazcoal. Qui la foresta cambia aspetto e assume la forma di un labirinto di liane, viticci e rampicanti impenetrabili. Solo lungo il sentiero v'è spazio per avanzare, perché i popoli antichi parlarono con le piante, chiedendo loro di lasciare un passaggio per l'uomo. Il viaggio sarà lungo ma calmeremo la sete con l'acqua piovana raccolta nei fiori giganti delle rafflesie e ci nutriremo con i succosi frutti dell'artocarpo.

Lei portò le braccia alle spalle, così lui fece una piccola pausa e tirò su da terra il grande scialle per coprirla.

– Solo all'alba del terzo giorno, giungendo a una radura aperta, scorgeremo le piramidi, la cui sommità si protende al di sopra della giungla. Le piramidi sono immense e nessuno fra coloro che ne hanno intrapreso la scalata è mai tornato per raccontare l'impresa; si dice che dalla cima della piramide più alta l'intero mondo sia visibile. Su una delle quattro facce di ciascuna piramide è disposta una interminabile scalinata e tutte le facce sono ricoperte di un muschio fitto e viscido, che rende improba la salita e assai pericolosa la discesa. Si racconta che alcuni esploratori si siano persi seguendo il perimetro della base della piramide, alla ricerca della faccia con la scalinata. Per giorni e giorni hanno camminato lungo i lati, esultando ad ogni spigolo; ma i lati pare si moltiplichino seguendo le regole di una geometria aliena, sinché il viaggiatore, sfinito, rinuncia o perisce.

– Come... faremo... allora... – mormorò lei, e la sua voce era quasi un fruscio.

– Noi avremo nello zaino il libro magico di Areth, le cui pagine cambiano ogni giorno; giunti alla base della piramide, procederemo lungo uno dei lati, poi lungo il successivo; per giorni cammineremo lungo le pareti vertiginosamente alte ma il libro di Areth, consultato all'alba, ci dirà quando dovremo tornare indietro e ripercorrere l'identico cammino: allora la faccia nascosta si rivelerà a noi, invitandoci a compiere l'impresa. Così, gradino dopo gradino, faticosamente avanzeremo verso l'alto, lasciando le nostre impronte sul muschio. Mai guarderemo verso il basso, per non incorrere nell'orribile Vertigine, che a molti scalatori ha impedito di proseguire.

Infine, saremo in cima.

Da lì, abbracciati, guarderemo i confini del mondo, osservando l'alba a est e il tramonto a ovest. Sinché la notte ci rivelerà l'intero firmamento e le stelle saranno così vicine che le riconosceremo tutte, e potremo chiamarle per nome...

Lei cercò la mano di lui, la strinse per un attimo.

Lui sentì il respiro di lei sparire nel silenzio; le sfiorò il viso con le labbra, osservando il suo sorriso immobile. Poi sentì le lacrime scorrere sulle proprie guance e pensò che se lei avesse potuto vederle, le avrebbe trovate identiche alle gocce di rugiada sui petali delle plumizie, iridescenti per l'arrivo dei primi raggi del sole sugli sconfinati altopiani del Ladamir.

GUERRE SANGUINOSE

L'ultima Opera di Angela Battelli

Transcendence di Adriano Viola

Il caso Geremiah Sandoz di Corrado Tringali

La rosa nera di Ida Daneri

L'ultima Opera

di Angela Battelli

Nevica da ieri sera: Casalmaggiore è bellissima, coperta dalla neve.

Stanotte ho il turno. I miei colleghi odiano la notte e la neve: a me invece piacciono, sia l'una che l'altra.

Mia moglie dorme tranquilla nel nostro letto e io sono qui, a fianco alla mia lavagnetta, aspettando che il telefono squilli.

Ci siamo: una chiamata.

– Avrei bisogno di un taxi, qui alla stazione ferroviaria di Casalmaggiore. Ho perso la coincidenza, se può venire al più presto, qui si muore dal freddo...

– Ma certo, signora, vengo subito, cinque minuti e sono lì.

Infilo il giaccone e mi precipito per le scale. La notte è veramente gelida. Entro in taxi e parto, la stazione è qui vicina e procedo lentamente sull'asfalto: oramai a terra ci sono dieci centimetri di neve. Mi piace che sia tutto silenzioso, ovattato, senza altre auto in circolazione. Arrivo in stazione e la vedo: è una ragazza giovane, chissà cosa ci fa in giro in questa notte da lupi.

– Finalmente... qui si gela.

– Ho fatto prima possibile, abito qui vicino ma, sa, con la neve bisogna essere molto prudenti... Allora, dove andiamo?

– A Parma. Studio Ingegneria e ho perso la coincidenza.

– Ci credo: con questo tempaccio, normale che il traffico ferroviario vada in tilt.

– Quando in stazione mi hanno detto che tutti i treni erano bloccati fino alle sei, mi è preso il panico... sa, io non sono di qua, mi sono appena trasferita dalla Sicilia, non conosco nessuno...

– Non deve preoccuparsi, con me è in buone mani!

Sono felice di poter aiutare questa ragazza. Me la guardo nello specchietto retrovisore: i tratti del viso sono marcati, i capelli neri e gli occhi bellissimi, verdi.

Partiamo. A passo d'uomo esco dall'abitato e giro a sinistra. In strada non c'è ancora nessuno.

Raggiungo il cimitero, accosto a destra sullo spiazzo.

– Perché si è fermato?

– Ho bucato! Non ha sentito l'auto sbandare?

– Oddio no! Faccia in fretta, ché questo posto mi mette i brividi!

– Non si preoccupi, faccio in un attimo, ora prendo gli attrezzi dal portabagagli.

Esco dall'auto nel freddo, poi guardo lei dentro. Si gira intorno impaurita, non si fida, fanno tutte così.

Prendo la sacca dal baule e le chiedo di venir fuori dall'auto. Ho bisogno di aiuto, le dico. Sono affascinato da qual paio di occhi perfetti: li ho trovati, finalmente.

Le dico di chinarsi per aiutarmi a mettere il cric in posizione, e lei lo fa, si inchina.

Ci siamo: sento il solito formicolio alla schiena e l'eccitazione che sale mentre la afferro per il collo e incomincio a stringere. Naturalmente lei prova a divincolarsi ma io la blocco subito, le serro le mani con le fascette e la imbavaglio: niente lamentele.

All'inizio, cercavo di spiegargli che erano fortunate a essere creta nelle mie mani, destinate a diventare Opere invece che inutili femmine rugose e frustrate. Ma loro niente, continuavano ad invocare Dio, senza capire che ero io il loro Dio, ero io che gli davo la Bellezza Eterna.

Anche questa ora mi sta guardando con il terrore in quei suoi occhioni verdi e io come sempre vorrei fermare l'istante per sempre.

– Non ti preoccupare, non piangere, che gli occhi ti si arrossano, cosi rovini tutto...

Prendo il bisturi dalla sacca. Lei è coricata in mezzo alla neve... mi piace così, lavoro meglio quando sono paralizzate dalla paura. Le taglio i vestiti e lei si gira di scatto e mi sferra un calcio. E no piccola, così non ci siamo.

Prendo dalla sacca il cloroformio e lei si addormenta. Peccato non poter più guardarla negli occhi, è lì che sta la Bellezza Suprema, nell'orrore della consapevolezza del Baratro che incombe. Peccato che loro non lo capiscano, che non comprendano che sono io, Dio, a riplasmarle. Taglio la vena giugulare e il sangue caldo e denso mi sgorga tra le mani, inebriandomi di quel suo aroma ferroso e dolciastro. Incomincio a disegnare il suo corpo, che pian piano va prendendo forma, mentre le interiora fuoriescono mostrandosi nel loro fascino osceno. Torno a guardarla, distesa di fronte a me, circondata da questo mare rosso che spicca in mezzo alla neve: lo sapevo che sarebbe stata una notte perfetta, questa, per un altro dei miei capolavori.

E adesso, a me gli occhi.

Sono meravigliosi, devo assolutamente prendermeli.

Solitamente il viso invece non lo tocco. Perché mi piace andare a rivedere le mie creazioni nella camera ardente, coricate ferme nella bara, eteree, e ripetermi che sono stato io, proprio io, a donargli questo nuovo stato di Eterno Splendore. I genitori mi abbracciano e piangono in silenzio, sono anche loro abbagliati ed esterrefatti da tanto Incanto. E io lo so, che silenziosamente anche loro mi ringraziano. Me ne vado con il cuore gonfio di gioia.

Peccato soltanto che questa qui abiti lontano, dunque non potrò passare a salutarla.

Ma mi terrò i suoi smeraldi come ricordo.

Le cavo gli occhi dalle orbite, li metto in vasetto, verso il cloroformio.

E mi sento sfinito. Creare è una vera fatica ma anche oggi la mia ultima Opera è pronta. Me ne torno a casa con il mio souvenir: d'ora in poi, ci potremo guardare negli occhi per sempre.

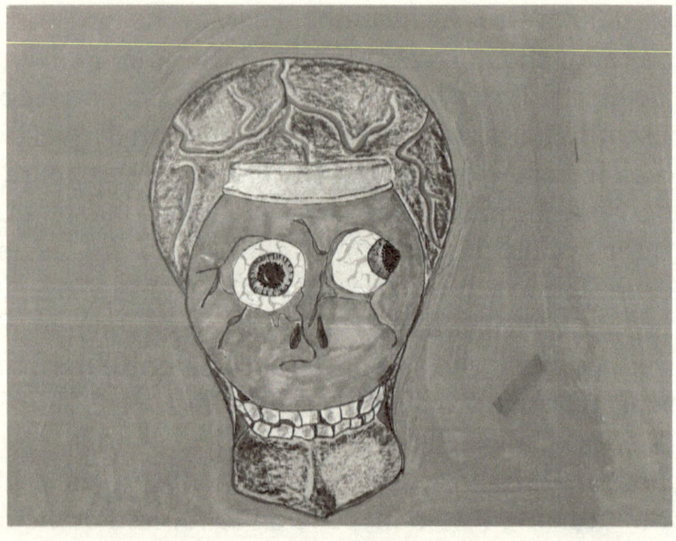

Occhi sotto spirito (Angela Battelli)

Transcendence

di Adriano Viola

Un maniaco assassino sta pedinando una ragazza per farle qualcosa di poco cortese... sfortunatamente per lui la ragazza – ovvero Transcendence *– non è una povera sprovveduta, ma un essere malinconico e millenario che si nutre di sangue umano e che erra solitario per il mondo alla costante ricerca di un frammento della sua anima che le è stata sottratta millenni or sono. E da predatore a preda... il passo è molto breve.*

Soltanto il tempo di morire

La snella, esile sagoma si allontana solitaria, i lunghi capelli neri ed umidicci che disegnano arabeschi contro il pallore della penombra, sul viso vagamente rischiarato da una triste e infeconda sfera biancastra. Un esile, piccolo fiore solitario, stagliato contro un infido cielo disadorno.

Lei va verso la scogliera e lì... lì si ferma proprio sul ciglio. D'altronde, cos'è poi la vita se non una danza incerta sull'orlo d'un burrone?

Si sofferma a scrutare l'orizzonte, come volesse frugare nel nulla a piene mani, come se potesse trovarci un qualcosa; un senso o una parvenza di esso, una vaga prospettiva di logica in un caotico crescendo di incolmabili vuoti, una chiave di lettura o una risposta, sì, ma a quale domanda? E poi, quale quesito mai avrebbe un senso, dopo aver ottenuto la soluzione?

Rimango là, immobile, per un'interminabile manciata di istanti. Con lui che mi osserva da lontano. È come un regista che, ispirato dalla scena che ha in mente di girare, studia attentamente le sue comparse. Furtivo, mi segue nel progressivo calar delle tenebre. Avverto la sua presenza, che trascende gli ultimi barlumi, oltrepassando i resti dei fuochi fatui, dei vuoti involucri sgretolati dal tempo e nel tempo, i contenuti persi in balia di onde stanche, di silenziose immobilità.

Il tutto in un infinitesimale frammento di quello che gli umani chiamano "tempo": un solo battere di ciglia, una palpebra chiusa e riaperta con inutile velocità, mentre già sente dietro al collo il fiato dell'inevitabile, in quell'umida notte in arrivo, palpabile con le dita come una densa melassa che avvinghia perle di sudore al volto, come ad adornare un macabro albero di Natale. Invischiando paure e desideri, sogni e bisogni, angeli e demoni, alchemicamente fusi e confusi in un unico sentimento chiamato ansia.

Spietati giochi di ombre si rincorrono su frastagliati orizzonti perduti, punti di vista grossolanamente abbozzati su una tela di sogni infranti e di illusioni spezzate.

Il mio cuore non sa più battere, altrimenti... altrimenti l'eccitazione me lo avrebbe già fatto scoppiare dentro al petto. E poi la sete! Sì, una sete insaziabile che mi cresce e mi danza dentro, come una stella cadente in un cielo capovolto, innalzandosi verso l'infinito senza mai toccare un fine corsa... senza mai desistere... senza mai cedere. Un'eterna arsura che aumenta a dismisura, per placarsi soltanto una volta afferrato il predatore, che si ritrova ora incredulo nei suoi nuovi imprevisti panni di preda e, ancor prima di comprendere quel che accade, sente già la sua anima nera svuotarsi a fiotti e rivi; mentre le nuvole accarezzano una pallida, indifferente luna annoiata, messa di fronte a una scena ormai vista e rivista più volte, in quel breve lasso di eternità che gli umani non contemplano, non comprendono, perché non si può ridurre a segmenti da definire o scandire, né tantomeno programmare. Piccoli, inutili frammenti che chiamavano "tempo"... che concetto assurdo il tempo! Non si può misurare o cercare di comprendere l'infinito riducendolo a brandelli.

Il vuoto involucro esangue cade giù, lo sguardo fisso verso il niente, prosciugato della sua putrida essenza che non fluisce più nel suo già oramai non essere. Un tonfo secco come secca e arsa è stata la sua vita. Vaga, esanime parvenza di voli abbattuti e di miti sfatati, miti cui la ragione ha tolto ogni logica e senso.

Vedo quella ridicola figuretta contorta farsi più piccola fino a sparire, ingoiata dal mare nero che ora è il suo sudario, liquido universo sopra i suoi futili, inariditi pensieri.

E riprendo il cammino: il vento prova a fermare la mia marcia ma può solo rallentarmi e lo sa. È solo una questione di "tempo" nel mio eterno divenire... una grotta naturale mi offrirà riparo dal sole nascente e proteggerà il mio sonno diurno. Sorgente ma per me calante di angusti sipari: palcoscenici di tristi sonni per sfuggire al suo chiarore oscurante.

Ma quale riparo potrà mai proteggere il mio essere da se stesso? Potessi versare delle lacrime, forse questo sarebbe il momento più adatto per farlo ma niente è eterno... a parte l'eternità, ed io le mie lacrime le ho terminate da "tempo". Se fossi in grado di provare emozioni, giurerei che per un istante un vago abbozzo di sorriso abbia tentato di farmisi strada in volto; ma il giorno sorge in fretta, ci penserò domani... forse.

Chiudo gli occhi e l'anima oscurandoli per proteggerli dal perduto tepore del giorno, che mi viene negato ormai da infinite lune. E con la furia di artigli dilanianti, si fa strada in me uno strano sogno lucido.

Conoscitore silente

Invisibile, vago tra gente immemore, che di me nulla sa o che, schiava dell'oblio, di me ha oramai perduto il ricordo.

E tu, tu unico che ancora di me rimembri, portami con te o da me fuggi! Logora il lieve, ineluttabile alito che ancora ostinato urla il suo tormento, uccidilo! Fa' che taccia per sempre, così che l'oblio completi il suo lavoro e io possa riposare senz'altra speranza che l'inizio della disillusione. Vieni, oblio, la clessidra è vuota, il tempo, il mio tempo è finito, e ora incombe il momento di un altro divenire, è arrivato il tempo... che tu termini il tuo lavoro.

Ma poi mi desto e, ahimè, una nuova clessidra è già pronta; un altro sole è morto inghiottito dalla notte.

La mia notte infinita. Riprendo la strada che costeggia quella riga di cielo sciolto chiamata mare e dovrei cercare di restare bassa per non farmi notare ma amo troppo l'idea della mia sagoma che cammina accanto alla luna e che, per un futile gioco di distanze, mi sembra quasi di sovrastare. Ma d'altronde il mio spirito è donna e, anche se non più umana, mi resta pur sempre un ego femminile da appagare. Così proseguo solitaria nella mia passerella, sfilando a vantaggio esclusivo dei miei pensieri: di certo non possono esserci folle ad ammirare i miei passi, in questo ritaglio di rocce a picco sulla scogliera. E se anche se per assurdo ci fossero, mi starebbero comunque lontane, se solo sapessero che incrociare il mio cammino equivale alla fine della loro strada.

Sembra quasi che la stessa Selene accompagni i miei passi con il suo grande riflettore, stasera. Fin dove il buio ha presa, io posso arrivare e arriverò fino alla tua porta, un giorno, anzi una notte, la mia notte. E il cerchio sarà finalmente chiuso, quando incredulo mi vedrai davanti ai tuoi occhi, con la forza schiacciante di un rimorso. Sarò come una piccola bolla d'aria che risale dal più profondo degli abissi, mi farò strada nei tuoi pensieri setacciando tutte le pieghe della tua mente, fino a trovare la chiave segreta della tua confusa essenza.

Mi sembra già di sentirli, i tuoi ultimi pensieri, li avessi percepiti allora forse adesso sarebbe tutto diverso... ma così non è stato. E stanotte proseguo nel mio ostinato e rancoroso percorso, che mi porterà fino a te, a te che alla fine hai rinunciato a cercarmi, distrutto da troppi fallimenti, a te che mi hai abbandonata, lasciandomi da sola con questa dannata eternità fatta di incolmabili istanti di vuoto e di ardente, insaziabile sete. Ti percepisco finalmente, povero cuore infranto, illuso di aver toccato il fondo con il tuo dolore; ma il tuo piangerti addosso non ti servirà, perché sarò io a mostrarti il tuo vero inferno. Finora ti sei soltanto crogiolato come un poeta illuso e ai tuoi stupidi versi manca ancora un finale degno di nota: finale che ho intenzione di scrivere presto.

Clessidra spezzata

Ed è lì, alla sua finestra, che finalmente lo vedo chiaramente, dopo secoli di attesa... di granelli contati uno dopo l'altro, nel lento, immobile scorrere del tempo.

Gli occhi, sì... sono loro! Sì, ma... no! Non può essere... il volto no! E nemmeno il resto, non c'è nient'altro di uguale, l'energia è quella ma inconsapevole, racchiusa, prigioniera di un altro guscio... un'altra vita è trascorsa, altra parvenza mi cela ai tuoi occhi, ti avvolge, mi sconvolge. Una nuova esistenza ha assorbito la tua energia e io... io non sono più presente nell'essere di questa nuova tua forma, nel divenire della sua coscienza, nell'annullarsi dei suoi sensi; e io... io che ho quasi finito di contare tutta la sabbia del mondo per ottenerne in cambio soltanto un tuo fuggevole sguardo interrogativo. Tu, estraneo eterno, mio ancestrale irrinunciabile completamento, smarrito nei gironi vertiginosi dell'infinito... fra miriadi di pagine ingiallite e incomplete, che senza te non riesco a terminare... io, naufraga in questo mare di sabbia arsa, schiacciata da mastodontici granelli dall'opprimente peso del niente.

Il suono del campanello si confonde con i rintocchi della mezzanotte. Fremo: quando aprirà la porta potrei forse prendere la sua vita, sì, ma a cosa servirebbe? Lui non sa nemmeno chi sono, chi sono stata. E infatti, una volta aperta la porta, mi guarda incuriosito. Sta per chiedermi chi sono e cosa voglio mentre io vorrei chiedergli dove ha messo la mia parte mancante di anima: quella che lui in un altro tempo mi ha rubato. Prevedo una brutta conversazione, che finirà inevitabilmente con il suo collo piegato in modo innaturale. Ma poi arriva quella voce da dietro le sue spalle: – Papà, chi è a quest'ora?

E così capisco.

Tutto adesso mi è chiaro: ha messo in salvo la mia porzione di anima ancora salvabile, ha semplicemente salvato quel che di me era possibile salvare. E ora lo custodisce inconsapevolmente. Ha rinunciato a se stesso per potermi accudire. Per riuscire a conservare la luce almeno a una delle facce di quel prisma frammentato e confuso che chiamiamo anima: un piccolo raggio che indicasse la via per districarmi un giorno nel dedalo contorto della mia essenza.

– Mi scusi, ho sbagliato interno, mi dispiace di aver svegliato la sua bambina, buona notte e mi scusi ancora, anzi mi permetta soltanto una domanda, una curiosità... posso chiederle come si chiama la bimba?

– Si chiama Hope, Speranza. Perché per me lei è davvero un faro di speranza nel mio mondo, la missione ed il senso stesso della mia vita.

– Posso immaginarlo – rispondo mentre quell'esserino in pigiama e pantofole stringe il suo pupazzo di peluche e alza la manina per salutarmi.

Giro le spalle e vado via senza più voltarmi, diretta verso quella notte da cui sono venuta e a cui devo, almeno in parte, tornare.

Il caso Geremiah Sandoz

di Corrado Tringali

Nell'ambito della realtà le cui condizioni sono formulate dalla teoria quantistica, le leggi naturali non conducono quindi a una completa determinazione di ciò che accade nello spazio e nel tempo; l'accadere [...] è piuttosto rimesso al gioco del caso.

Werner Karl Heisenberg,
Ordnung der Wirklichkeit, 1942

Il 3 giugno 2110 Geremiah Sandoz era stato sottoposto alla periodica visita di regolazione fine dell'umore presso l'APA, l'Agenzia per la Positiva Attitudine, e non era stata riscontrata alcuna anomalia nei suoi parametri cerebrali. Il dosaggio di serotonina, dopamina, acido gamma-amminobutirrico e di pochi altri fondamentali neurotrasmettitori era stato effettuato con analisi di routine ed erano state apportate solo minime correzioni, come previsto dai protocolli ufficiali. Sandoz era stato originariamente classificato come "calmo cronico", con una prevedibilità del comportamento superiore al 95%. Quando l'interfaccia neurale era stata collegata al SIPU, il Sistema di Previsione Universale, erano stati effettuati i soliti test di campionamento casuale delle previsioni: Sandoz avrebbe effettuato una visita medica per la funzionalità polmonare alle ore 16:00 del 4 giugno 2110 (98,9%), sarebbe andato a cena con la moglie Irene al ristorante *Le Parisien* alle 21:00 del 5 giugno (97,1%), avrebbe ordinato due razioni di mousse vegetale nanomolecolare con contorno di fibre chitinose al *Centro Cibo Funzionale* sotto casa, con consegna alle 20:30 del 6 giugno (88%) e subito dopo lui e la moglie avrebbero collegato le proprie interfacce neurali al sistema di intrattenimento multidimensionale per seguire *Un giorno, ogni giorno* (96,3%). Il SIPU era ritenuto estremamente affidabile durante le ore notturne: a una verifica successiva agli eventi di quella notte, effettuata sulla banca dati di tutte le registrazioni da interfacce neurali, era risultato infatti che alle 2:16 del mattino del 6 giugno 2110 Geremiah Sandoz avrebbe dovuto, con quasi assoluta certezza, essere immerso in un sonno profondo (99,99%). Tutte le previsioni, tranne l'ultima, si erano puntualmente verificate. Tuttavia, come fu successivamente dimostrato, la notte del 6 giugno, alle 2:16 del mattino, Sandoz si era svegliato improvvisamente, si era alzato per recarsi in cucina a bere un bicchiere d'acqua, aveva afferrato un coltello da cucina, era tornato in camera da letto e aveva pugnalato la moglie mentre dormiva, colpendola con diciassette coltellate, uccidendola.

Era stato lui stesso a chiamare la polizia, dichiarando di non ricordare nulla di quella notte, se non che si era svegliato e aveva trovato accanto a sé il cadavere della moglie e il coltello insanguinato. Dalle successive indagini risultò che sul coltello erano presenti esclusivamente le impronte digitali di Geremiah Sandoz e della moglie Irene Schultz. Il pigiama di Sandoz era intriso del sangue della moglie. La porta di casa era chiusa a doppia mandata e nessuna delle aperture dell'appartamento era stata forzata. Al di là di ogni ragionevole dubbio, la signora Irene Schultz era morta per mano del marito.

Sandoz fu sottoposto ad accurate visite psichiatriche e neurometriche, e risultò del tutto sano di mente, con un profilo perfettamente corrispondente alla sua classificazione di "calmo cronico"; mantenne infatti un contegno di assoluta compostezza durante tutte le fasi dell'indagine. L'accusato dichiarò più volte di non ricordare nulla dal momento in cui era andato a letto insieme alla moglie, fino al suo traumatico risveglio. Persino la registrazione di *Un giorno, ogni giorno* fu analizzata per rilevare eventuali messaggi ipnotici o subliminali ma non fu trovato nulla.

Da quando il SIPU era stato messo a punto, non si era verificato un solo caso di così drammatico scostamento dalle previsioni. La notizia fu quindi comunicata, in forma riservata, al professor Heinrich Olsen, un eminente matematico che aveva sviluppato gli algoritmi alla base del sistema di previsione che ormai regolava la vita dell'intera umanità.

Olsen era reputato uno dei massimi scienziati del XXII secolo: era stata sua l'idea di sfruttare le enormi capacità di calcolo delle ultime generazioni di calcolatori, inimmaginabili sino al secolo XXI. Inserendo in questi potentissimi strumenti un numero sufficientemente elevato di parametri su un determinato sistema, si poteva prevedere, nel breve termine, l'evoluzione del sistema con elevata probabilità. Ovviamente il programma non era in grado di prevedere il lontano futuro ma forniva delle stime affidabili sulla probabilità di eventi molto prossimi, mediamente nell'arco di tre o quattro giorni. All'inizio si era applicata questa metodologia per prevedere l'esito di esperimenti scientifici, perfezionare le previsioni meteorologiche o prevedere l'andamento di qualsiasi tipo di traffico, riducendo enormemente il numero di incidenti stradali o ferroviari. Ma i risultati più interessanti si erano osservati cominciando ad applicare gli stessi algoritmi agli esseri umani: naturalmente si era reso necessario inserire uno straordinario numero di parametri, incluso ogni tipo di dato personale su ciascun individuo, il che aveva in qualche caso provocato isolate manifestazioni di protesta. I risultati ottenuti avevano però reso debole ogni resistenza: si erano evitate migliaia di morti improvvise per malattie cardiocircolatorie o altre patologie, per non parlare della prevenzione di incidenti di ogni genere. Era quindi diventato un dovere civico sottoporsi regolarmente a viste di controllo presso le APA, dove fra l'altro veniva gratuitamente effettuata una normalizzazione dei neurotrasmettitori principali, in modo da assicurare a tutti i cittadini una costante sensazione di benessere.

Sebbene fosse stata sollevata un'obiezione di incostituzionalità da parte di alcuni gruppi radicali, il problema era stato facilmente risolto con una piccola modifica alle costituzioni dei dieci Stati Dominanti, il cosiddetto "gruppo dei D10"; tutte le altre nazioni subordinate, dotate di documenti costituzionali di pura forma, non si erano neanche poste la questione. In economia, nessuna azienda avrebbe potuto ignorare le previsioni dell'algoritmo Olsen, che in molti casi si erano rivelate quasi infallibili. Il computer forniva una percentuale variabile di affidabilità per le previsioni, che ovviamente poteva risultare bassa se i parametri da considerare erano troppo numerosi. Ma nel caso di un individuo sano, incluso nella categoria dei "calmi cronici", e nelle ore notturne, il sistema avrebbe dovuto essere praticamente infallibile.

Questo pensiero non dava pace a Olsen, che aveva chiesto di accedere a tutti i dati disponibili sul caso Geremiah Sandoz; naturalmente, considerata la sua notorietà, ottenne senza difficoltà tutti i permessi necessari. Cominciò così ad analizzare migliaia di dati, cercando di trovare un sia pur minimo errore che potesse modificare la previsione per la notte del 6 giugno. Ma Sandoz sembrava l'uomo più tranquillo della Terra, e anche analizzando tutte le intercettazioni e le mappe neurali della moglie e di tutti i loro conoscenti, non risultava il minimo diverbio fra marito e moglie, nessuno screzio, nessuna deviazione dall'ordinaria routine di una famigliola di due coniugi di mezz'età. Decise di affidare a due suoi stretti collaboratori un'ulteriore, accuratissima verifica di tutti i calcoli ma non ottenne altro risultato che la conferma che il sistema, almeno in apparenza, era stato programmato alla perfezione.

Dopo quasi una settimana in cui stava cominciando a perdere il sonno, Olsen si decise a compiere il gesto che aveva a lungo rimandato: consultare il suo peggior rivale ma anche il collega che in fondo stimava di più, il fisico teorico György Kovács.

Kovács e Olsen un tempo erano amici ma Kovács aveva manifestato pesanti obiezioni all'adozione indiscriminata di un sistema di previsione come quello proposto da Olsen, e i due si erano scontrati in furibonde discussioni pubbliche, finché la tesi di Olsen non aveva prevalso. Kovács era finito nell'ombra, evitato da molti colleghi, e la sua carriera accademica, in precedenza avviata verso i più elevati riconoscimenti, si era improvvisamente arenata. Olsen ne era consapevole e decise di andare lui a trovare il collega. Dopotutto, si trattava di attraversare un lungo corridoio e scendere fino al piano sotterraneo, dove si trovava lo studio di Kovács. Ormai da anni, i due si scambiavano solo qualche saluto nelle rare occasioni ufficiali di incontro come membri della Sezione di Ricerca Teorica.

Eppure, quando la porta dello studio di Kovács si aprì, Olsen non si trovò davanti a una qualche manifestazione di sorpresa, come si aspettava.

– Mi chiedevo quanto ci avresti messo a venirmi a cercare – disse Kovács con tono gelido. – Sai, anch'io sono capace di fare qualche previsione. Accomodati.

Olsen entrò con un'espressione di evidente imbarazzo. Kovács gli fece cenno di accomodarsi su un divano, ordinò al mobile alle sue spalle due whiskey con ghiaccio; poco dopo uno sportellino scorrevole si aprì con una luce lampeggiante e le bevande apparvero in un vano illuminato. Kovács porse un bicchiere al collega, che fece un cenno di ringraziamento.

– Io... si tratta di un problema che potrebbe avere risvolti teorici. Credo che tu sia la persona più adatta a...

– Stai parlando del caso Geremiah Sandoz, ovviamente.

– Tu... ma come fai a sapere...

– Abbiamo una rete di informazione sommersa, Heinrich. Ed è bene che tu non ne sappia di più.

– György, questo caso è veramente strano. Ho verificato tutti i calcoli per giorni, ho fatto fare un'ulteriore verifica da parte dei miei collaboratori più giovani, e non c'è nessun errore, l'accuratezza della previsione era quasi del 100%: Sandoz quel giorno, a quell'ora, doveva essere immerso in un sonno profondo.

– Conosco i dettagli, stiamo raccogliendo tutti i dati su casi come questo.

– Che vuoi dire? Questo è un caso unico, sino a questo momento non ci sono stati errori così gravi nelle previsioni del SIPU.

– Heinrich, non dirmi che anche tu credi alla propaganda governativa! Capisco che sei coinvolto ma ti basterebbe fare qualche ricerca escludendo i canali, diciamo così, *ufficiali*... e scopriresti molte cose interessanti.

– Per esempio?

– Per esempio che esistono eventi *imprevedibili* finanche per il SIPU: e la ragione per la quale risultano imprevedibili è che sono *inspiegabili*. Questi eventi non sono magicamente scomparsi dalla storia dell'umanità da quando è stato imposto il tuo sistema di previsione, il SIPU. È solo che i dati relativi vengono frettolosamente archiviati e sono disponibili solo a personale autorizzato, che evidentemente non include anche te.

– Ma che stai dicendo, György? Hai un'idea degli incarichi e delle commissioni in cui sono coinvolto?

– Ma sei un matematico, Heinrich! Non ti lasceranno mai entrare nella vera *stanza dei bottoni*: a loro interessava solo il tuo meraviglioso giocattolo.

Il professor Olsen ebbe un attimo di incertezza. Tutta quella faccenda lo stava mettendo in crisi e adesso Kovács gli faceva balenare altri dubbi.

– Ma insomma, a cosa ti riferisci quando parli di *eventi inspiegabili*?

– Ah, c'è da scegliere: miracoli, apparizioni, statue che piangono o grondano sangue, avvistamenti di extraterrestri, fantasmi, possessioni demoniache, rapimenti mistici e anche gesti di follia privi di ogni ragionevole spiegazione, come quello di Sandoz. Tutto ciò è avvenuto, con regolare frequenza, durante tutta la storia conosciuta dell'umanità, come testimoniano documenti di tutte le epoche e di tutte le culture, e anche i miti sulle divinità dalle sembianze più assurde e dai poteri più strani. Da quando è stato istituzionalizzato il SIPU, però, questi fenomeni, che una volta venivano definiti *paranormali*, ma in realtà sono solo *insoliti*, sono improvvisamente scomparsi. Tu come lo spieghi, Heinrich?

– Beh, è evidente che si trattava di notizie false, di credenze prive di fondamento, di racconti che violavano le più elementari leggi della fisica. Il SIPU ha finalmente smascherato tutti questi imbonitori.

– Questo è vero nella maggior parte dei casi, Heinrich, ma non in tutti. Con la rete alla quale collaboro, stiamo esaminando da decenni tutti i fenomeni apparentemente inspiegabili di cui riusciamo ad avere notizia. Siamo scienziati di laboratori avanzatissimi, abbiamo accesso a strumenti di elevata complessità e abbiamo fatto verifiche di ogni tipo. Ci sono casi che con ogni evidenza non rispondono alle leggi fisiche conosciute. Forse anche il caso di Geremiah Sandoz potrebbe essere incluso fra questi.

– Sì ma, anche ammettendo che una minima parte di quello che dici sia vero, tu invece come te li spieghi, questi fenomeni, György?

– È proprio questo il punto, Heinrich! Non posso spiegarli con le conoscenze che ho a disposizione, che sono le stesse sulla base delle quali tu hai sviluppato il tuo algoritmo.

– Non riesco a seguirti...

– Eppure è semplice, Heinrich: se non puoi spiegare un certo fenomeno con le leggi di cui disponi, non rimane che accettare l'idea che le leggi non siano del tutto corrette e vanno modificate. È quello che hanno fatto Einstein, Planck, e tutti gli altri, nel XIX secolo, con la teoria della relatività e la meccanica quantistica.

– E quindi?

– E quindi ci vorrebbe un altro genio, ancora più grande di loro. Ma forse aprirebbe solo una porticina che dà su altre porte, che avrebbero bisogno di geni ancora più grandi per essere aperte... Olsen era prostrato perché cominciava a intuire quale fosse la conclusione ultima a cui voleva arrivare Kovács.

– Ma... in questo modo... tutte le nostre certezze...

– Esatto, Heinrich: in realtà non ci sono certezze. Ricordi il principio di indeterminazione di Heisenberg? *Non è possibile conoscere simultaneamente la posizione e la velocità di una particella.* Forse ha implicazioni molto più grandi di quelle a cui abbiamo pensato sino ad ora. D'altronde, cosa ci autorizza a credere che potremo un giorno conoscere i più profondi segreti dell'universo, e a descrivere ciò che avviene nella realtà, con i nostri piccoli scarabocchi matematici? Le formiche potranno mai comprendere fino in fondo il mondo che le circonda? E perché mai a noi dovrebbe essere concesso di farlo?

– Quindi Geremiah Sandoz cos'è? Una variabile impazzita nelle leggi che governano il cosmo?

– Io non la vedo così: non possiamo spiegare il suo comportamento come non possiamo spiegare molte altre cose. Sandoz è, all'apparenza, un mite individuo che conduce una vita regolare e ordinata. Ma quanto in profondità siete riusciti a penetrare nei suoi circuiti neuronali? E come fai ad escludere che un Sandoz malvagio, che da tempo meditava di assassinare la moglie, non sia migrato da una dimensione parallela per effetto di una momentanea interferenza fra due universi?

– Ah, quindi le leggi che conosciamo sarebbero comunque rispettate nei due universi che tu immagini.

– E chi ti dice che i due universi, o infiniti universi, obbediscano alle stesse leggi fondamentali? Puoi dire con assoluta certezza che in un altro universo la velocità della luce sarà sempre di trecentomila chilometri al secondo? Ma in realtà il punto è un altro: perché pretendiamo che una spiegazione, in qualche modo, ci sia dovuta? Perché dobbiamo escludere che il comportamento di Geremiah Sandoz sia, appunto, inspiegabile?

– Tu mi confondi, György... a sentire te sembra che non ci sia nulla di certo, nessuna base solida a cui attaccarsi...

– E invece no, c'è una piccola feritoia nel castello in cui siamo rinchiusi, e da questa possiamo lanciare ogni tanto uno sguardo su quello che c'è fuori, osservare per un istante il volo di un gabbiano, percepire le ultime luci del tramonto, ammirare stupefatti i miliardi di stelle nel cielo notturno.

– Ma insomma, alla fine cosa rimane di tutto questo?

– Il dubbio, Heinrich. La meravigliosa incertezza del dubbio. O se vuoi, il fascino del mistero, l'imprevedibilità della vita che forse dovrebbe esserci restituita.

Olsen non disse più nulla ed entrambi rimasero in silenzio, a pensare. Poco tempo dopo, il grande matematico finì per disconoscere le sue scoperte e insieme all'amico György Kovács si pose a capo di un movimento di protesta che mise in discussione l'affidabilità e l'utilità del SIPU, e che ben presto si diffuse nel gruppo dei D10 e poi nelle nazioni satelliti.

Il caso Geremiah Sandoz fu ricordato come uno spartiacque nello sviluppo della civiltà del XXII secolo.

La rosa nera

di Ida Daneri

Il libraio

La giovane spalancò gli occhi, incredula: i suoi passi l'avevano condotta, per la terza volta, nel recesso più buio del mercato di quel paesino sperduto nei Carpazi.

La bancarella era apparsa dal nulla, sovraccarica di libri accatastati in più strati. Il venditore non c'era.

Sollevò lo sguardo alla volta dei portici che riparavano solo l'ultimo angolo di mercato, più tetro e confuso del resto, nel crepuscolo incombente recato dalle nubi di quel gelido tredici dicembre. La piazza era illuminata dai pochi raggi di sole che ancora riuscivano a infiltrarsi tra le nuvole scure e gonfie di pioggia ma non c'erano altri porticati, salvo lo sgretolato arco d'ingresso del mercato stesso.

Spinta dall'impulso che l'aveva guidata, Elina si avvicinò con piccoli passi cauti, attenta a non urtare il banco traballante. Si allungò sui volumi malconci, le punte dei capelli biondi che, sfuggendo dal colbacco, scendevano ad accarezzare con rispetto le pagine ingiallite rese fragili dal tempo. Una folata d'aria s'insinuò gelida tra le colonne ed Elina strinse il bavero di pelliccia.

– Che trina elegante – sussurrò il vecchio, indicando col dito ossuto l'elaborato pizzo nero che orlava il bordo di pelo e risaltava sul tessuto turchese del cappotto. – Sembra un decoro d'altri tempi.

Elina si raddrizzò in un sobbalzo: da dove era spuntato?

Abbozzò un sorriso, turbata dall'inatteso complimento, e fissò il mercante che scrutava con interesse un punto tra i libri. Il volto era una fine ragnatela di rughe e la pelle brillava nivea nella penombra dell'arcata; un lungo crine bianco cadeva sulle spalle curve, sparpagliandosi rado sul mantello nero, troppo signorile per un modesto libraio.

Il venditore sollevò lento il viso e la sua espressione la trafisse: invece di iridi acquose, scolorite dall'età, incrociò uno sguardo diretto, nero e penetrante, che per un istante sembrò leggerle l'anima. Un'esclamazione stupefatta le sfuggì dalle labbra e distolse gli occhi, un insolito timore nel cuore: quando li rialzò, l'ambulante le volgeva noncurante le spalle, la cappa che carezzava lieve il terreno.

Lo sguardo di Elina, turbata, tornò alla bancarella: una consunta custodia di pelle annerita dal tempo faceva bella mostra di sé sopra i libri, un nastro di seta scura e sfilacciata a chiuderla di lato.

Non riuscì a trattenere il gesto; la mano sfiorò appena lo spesso fodero dai bordi decorati con fatiscenti cuciture: del filo, un tempo dorato, rimaneva solo un vago ricordo inciso nella pelle.

Qualcosa pulsava tra le fragili pagine color sabbia dai bordi logori e irregolari, attirandola in modo irresistibile: dopo un'ultima, delicata carezza, raccolse con cura la custodia, l'avvicinò al volto aspirandone il profumo antico e infine sciolse piano il fiocco tirando un capo del nastro.

Il cuore le batteva forte ma naturalmente non accadde nulla e la guaina scura rimase inanimata tra le sue mani. Sollevò la copertina: c'erano cartoline d'epoca e stampe sbiadite dal tempo. L'immagine seppiata di un chiostro la colpì: esili colonne sostenevano aggraziati archi a sesto acuto e, al centro, un ammasso di rovi annerito dalle nuvole che offuscavano la luna.

Qualcosa, ancora, reclamava la sua attenzione tra le pagine: l'immagine confusa e stinta di un drappo nero, forse un mantello. E una rosa, anch'essa nera, che stillava sangue: tetro nella raffigurazione ma vividamente rosso nell'immaginazione di Elina. Richiuse di scatto la custodia, la schiena percorsa da un guizzante brivido, e si avvide che l'anziano libraio era scomparso.

Lesse il prezzo: era regalata! Fece per posare la banconota sul tavolo ma la mano increspata di rughe del venditore, apparso di nuovo dal nulla, la precedette offrendole in silenzio un pendente con un singolare cammeo.

Elina scosse il capo ma il vecchio insistette. Le mostrò la fine catenella d'argento, luccicante nel crepuscolo tinto di grigio dalla fredda nebbia invernale, indicando il collo della giovane. Rifiutò ancora, irritata, e il libraio la fissò per un lungo istante, con quel suo sguardo penetrante che gli proveniva dalle iridi nere: schiuse appena le labbra in un sorriso enigmatico, guardandola come se la conoscesse da sempre, e inserì la catenina tra le immagini del fodero.

– È in vendita solo con il medaglione – disse in un soffio roco, lo sguardo che ancora la scrutava in profondità, quasi volesse rubarle l'anima.

– Quanto costa? – chiese Elina in un sospiro, distogliendo il volto, a disagio.

– È un omaggio – mormorò il libraio accennando un inchino, le labbra sempre atteggiate in quel misterioso sorriso. – Per ricordare, per comprendere, per cogliere al volo la salvezza.

Elina sgranò gli occhi. Il vecchio continuò: – *Ricevi la salvezza per donarla* – scandì in un criptico sussurro, l'indecifrabile sorriso ancora adagiato sulle labbra sottili e le iridi nere che scintillavano, nessuna luce a illuminarle.

La giovane sfuggì di nuovo al confronto abbassando il viso: quando lo rialzò, intuì appena l'ondeggiare leggero del mantello e del libraio non vi era più traccia.

La lettera misteriosa

In albergo, Elina aprì subito il fodero: c'erano dei fogli ripiegati in quattro. Li aprì attenta a non sgualcire la carta ingiallita della lettera: *quattordici dicembre*, anno indecifrabile. C'era una larga macchia scura. Non era inchiostro, sembrava quasi...

– Sangue!

La parola le sfuggì, più veloce del pensiero.

Scosse la testa e forzò una stridula risata per stemperare l'inspiegabile sensazione che la turbava da quando l'anziano libraio l'aveva fissata con quegli incredibili e scintillanti occhi neri, lo sguardo intenso che sembrava, al tempo stesso, carezzarla dolcemente e violare la sua intimità, quasi conoscesse ogni suo segreto.

Quattordici dicembre, anno illeggibile. *Alba.*

Vista la calligrafia delicata e svolazzante, probabilmente si trattava di una donna:

A te, che leggi e non credi, che hai dimenticato i tuoi sogni di bimba.

Si fermò, esitante. Davvero non credeva più? Aveva scordato tutti i suoi sogni?

Tornò a immergersi nella lettura e il suo animo romantico ne fu subito rapito. Un amore appassionato, osteggiato dalle famiglie: lei, bella e di nobili natali, e lui fin troppo serio e intelligente, studioso e grande amante dei libri.

– Ovvio – esclamò ironica.

Si erano ribellati alle convenzioni e avevano pianificato la loro disperata fuga d'amore. Il racconto era confuso e irreale, la lettura difficoltosa per le macchie cupe che celavano le parole rendendo incomprensibile il senso di alcune frasi.

Non poteva essere sangue. Elina rigettò il dubbio con decisione: non intendeva cadere nella solita trappola delle leggende transilvaniche.

Il pericolo gravava sui giovani come un'ombra opprimente; la ragazza sembrava essere stata catturata...

– ... dall'ombra famelica di un vampiro – sbuffò stizzita: tutti quei racconti finivano sempre tragicamente tra i denti aguzzi d'immortali esseri inesistenti!

Il giovane amante aveva lottato e per salvare l'amata aveva scelto di sacrificarsi. Con un lungo spino, strappato ai rovi, si era lacerato a fondo la pelle del polso, offrendo la propria vita al vampiro.

La lettera narrava di una splendida rosa nera fiorita al bacio delicato della luna, proprio quella notte del quattordici dicembre. Le parve di vederla sbocciare rigogliosa nelle tenebre, illuminata dai candidi raggi lunari, ed ergersi a baluardo contro l'ombra del male. Era giunta alla fine dell'ultima pagina: la girò frenetica.

Era bianca.

Cercò affannata nella custodia, tra le cartoline.

Niente!

Cos'era accaduto al giovane? Era sopravvissuto o il vampiro aveva spremuto la sua rigogliosa vita bevendone fino all'ultima stilla la rossa linfa vitale? O l'aveva trasformato in una creatura della notte dannandolo a un'eterna non vita?

All'improvviso ricordò il medaglione e osservò meglio il cammeo. Il viso le somigliava: ovale piccolo, grandi occhi e sopracciglia fini, lineamenti delicati e labbra ben modellate, lunghi capelli trattenuti a lato da un complesso fermaglio.

Avvicinò il monile e la distinse: una rosa tratteneva la capigliatura!

Scosse la testa, agitata, e fece scattare l'apertura del pendente per rivelare la miniatura interna.

Un giovane dal volto pallido incorniciato da capelli corvini. S'intravedeva il bavero di un mantello scuro. L'espressione era imperscrutabile, forse un'ombra di tristezza, le labbra sottili appena dischiuse in un sorriso misterioso. Gli occhi la attirarono più di tutto: neri e scintillanti. Ebbe la singolare impressione di averlo già visto.

– È impossibile – sussurrò appena.

Tra le lunghe dita affusolate il giovane stringeva una rosa nera; sciupata e appassita, morente, i petali spossati e rassegnati alla caduta. Fu un lampo di comprensione: il nome del paesino in cui si trovava era Trandafir. E Trandafir in rumeno significava *rosa*!

No, nulla aveva senso nella notte fredda e nebbiosa scesa come un velo silenzioso sul paese: la notte del quattordici dicembre, la più lunga dell'anno, secondo la tradizione del luogo. Un interrogativo, però, vorticava insistente nella sua mente.

Che cosa significavano le ultime parole che il vecchio libraio dalle luminose iridi nere le aveva rivolto?

Ricevi la salvezza per donarla.

Un altro insondabile mistero.

La rosa nera

Elina si era svegliata all'improvviso dopo mezzanotte, l'immagine offuscata di un sogno nella mente, incapace di riafferrarne il fugace ricordo.

Si alzò turbata: la lettera era ancora là, insieme al medaglione, testimoni di una romantica storia impossibile. Accarezzò l'effige del cammeo e, all'improvviso, prese una decisione irragionevole; afferrò il lungo cappotto, caldo e imbottito, e lo indossò sopra la camicia da notte.

Era una follia evidente, un'inaccettabile assurdità che solo le giovani e ingenue eroine dei film potevano commettere. Si lasciò trascinare dall'irresistibile e pericoloso impulso che la obbligava a uscire, nella nebbia della notte del quattordici dicembre, tinta appena del chiarore di una luna lattiginosa e sfocata.

Una folata d'aria ghiacciata la accolse. La via era illuminata da appannati lampioni che irradiavano una fievole luce gialla: profonde chiazze d'ombra si estendevano tra il piccolo cono di luce e il successivo, il fumo caliginoso che saliva in lente volute verso il cielo.

Fece pochi passi e la nebbia la avviluppò, densa e accecante, silenziosa e avvolgente. Percepì un'ombra alle spalle: accelerò il passo, allontanandosi con sciagurata imperizia dalla sicurezza dell'albergo. Si voltò indietro e si sentì perduta: dov'era la porta da cui era appena uscita?

Un ululato.

Elina sentì il cuore balzarle in petto e corse indietro.

Il portone non esisteva più.

C'era solo nebbia, fredda e cupa.

E l'ululato che risuonava attutito, ovunque, incombente intorno a lei.

Poi vide l'ombra.

Enorme, tenebrosa e angosciante.

Minacciosa e spaventosa.

Schizzò indietro e riprese a correre: all'improvviso, nei vapori grigi della bruma che si stemperavano nell'aria, apparve l'arco slanciato del mercato. Strinse il medaglione tra le mani e corse a perdifiato.

Oltrepassò l'arco ma il mercato non c'era: solo un antico chiostro illuminato dal raggio di luna che filtrava dalle nuvole fendendo lo spesso strato di nebbia fumosa. Riconobbe l'immagine della stampa, il chiostro con la massa di rovi scuri al centro e il porticato elegante, con le sottili colonne chiare a sostenere gli archi gotici.

Continuò a correre, la bocca secca e il respiro corto, ma i rovi allungarono maligni le loro scheletriche dita: incespicò, vacillò, picchiò un ginocchio a terra e si rialzò, l'ombra tenebrosa sempre più vicina, opprimente e agghiacciante.

Si sentì ghermire alle spalle: con sforzo supremo si sottrasse alla presa abbandonando il cappotto nelle mani voraci dell'ombra.

L'aria gelida la avvolse e una raffica di vento le scompigliò i capelli: Elina urlò, invocando aiuto nel nulla della notte, mentre l'ombra prendeva forma davanti a lei, incorniciata dai raggi di luna che bucavano le nuvole. Era enorme, un ghigno raccapricciante a mostrare lunghi canini affilati.

La ragazza invertì ancora direzione, il cuore in gola e il respiro spezzato: davanti c'era solo un muro insuperabile di rovi che crescevano a dismisura, tetra personificazione del terrore; si protesero crudeli su di lei, le graffiarono mani e viso.

Si ritrasse di scatto ma le spine le avvolsero pungenti le caviglie e cadde di nuovo sulle ginocchia: il medaglione, strappato dagli aculei, rotolò via, lontano, quasi irraggiungibile. In un tentativo estremo, mentre cadeva a terra, allungò la mano e con la punta delle dita sfiorò il cammeo che si aprì: le iridi nere del giovane dalla pallida carnagione scintillarono nella notte, luminose, trafitte da un raggio di luna.

Per l'ultima volta Elina implorò un aiuto impossibile, mentre l'ombra scendeva implacabile a ghermirla. Il volto del giovane scomparve, gli occhi inglobati dall'oscurità, e un lungo e prepotente spino sgorgò con irruenza dal terreno.

Serrò le palpebre e urlò, un ultimo urlo disperato che attraversò le nuvole perdendosi nel cielo.

Poi fu solo immoto silenzio.

Nulla si muoveva, salvo l'aria ghiacciata tra i suoi lisci capelli biondi, che soffiava come fatale spiro di morte.

Riaprì appena gli occhi, la bocca a sorbire l'aria in brevi singulti.

Un candido raggio rischiarava il terreno e la spaventevole ombra era svanita.

Una rosa nera era sbocciata al bacio sensuale della luna.

Lenta stillava lacrime di sangue, preziosi rubini illuminati dai limpidi raggi lunari.

Elina rabbrividì nell'aria gelida, all'improvviso tersa.

Fu la sensazione carezzevole di un dolce abbraccio, un tiepido sfiorarle la pelle intirizzita: un mantello nero la avvolse piano, in un caldo amplesso delicato.

E la realtà svanì.

Quattordici dicembre. Alba

L'alba era giunta.

Soffiava un vento freddo nella via ma il cielo era nitido e il sole brillava: la nebbia della notte era solo un lontano ricordo, come di un incubo.

O di un sogno.

Elina si strinse nel morbido cappotto turchese, la nera trina elegante intorno al collo stretta tra le dita insieme al medaglione.

Quando si era risvegliata al tepore del piumone, il pendente era tra le sue mani, la sottile catenina d'argento attorcigliata all'anulare.

Aveva pensato a un incubo ma presto si era accorta che non era così: l'orlo del cappotto era sporco di terriccio, con lunghi graffi lasciati dai rovi. Anche la camicia da notte era infangata sulle ginocchia, l'orlo imbrattato e il pizzo strappato. E aveva segni rossi sulle caviglie. Aveva osservato le mani e le braccia, e poi il viso allo specchio: dovunque vi erano sottili lacerazioni.

Erano stati i rovi all'interno del chiostro.

Non aveva sognato.

Per questo adesso aveva un compito importante da portare a termine.

Percorse gli ultimi passi con decisione e transitò sotto l'arco del mercato: non c'erano rovi a bloccarle la strada nella limpida luce mattutina ma senza fatica riconobbe l'arcata del chiostro notturno sopravvissuta al tempo e sostenuta dalle coppie di colonnine chiare, ancora eleganti nonostante i danni inflitti dal trascorrere dei secoli.

Era là, nell'angolo in fondo, alla bancarella in cui aveva acquistato la custodia di pelle, dove quello strano libraio le aveva regalato il medaglione che le aveva salvato la vita.

Non ricordava i lineamenti dell'uomo, solo gli acuti occhi neri. E quell'enigmatico sorriso.

Fece scattare l'apertura sotto il cammeo: il sorriso misterioso dell'affascinante giovane era sempre lì, brillava nel volto pallido dai capelli corvini. Un lungo e caldo manto nero gli avvolgeva le spalle, ora Elina lo sapeva.

La rosa che il giovane stringeva tra le dita era di nuovo piena di vita, rigogliosa e con i petali neri turgidi e vellutati: sembrava aspirarne il profumo con voluttà, inebriato, il sorriso senza alcuna dolorosa ombra di tristezza.

Avanzò decisa verso la bancarella: il vecchio la attendeva, l'imperscrutabile sorriso sulle labbra secche.

Non indossava più il signorile mantello nero e il lungo crine bianco volava nell'aria fredda accarezzando il pallido incarnato arabescato da fini rughe.

Elina sorrise sussurrando la frase che lui stesso aveva pronunciato e di cui, infine, aveva compreso il significato: – *Ricevi la salvezza per donarla.*

Il venditore annuì e la giovane posò sui libri della bancarella l'antica custodia annerita: un foglio bianco e dai contorni lisci e perfetti spuntava tra gli altri ingialliti e consumati dal tempo.

Una lettera datata quattordici dicembre 2018. *Alba.*

L'alba della notte più lunga dell'anno.

La notte in cui la rosa nera era ancora una volta fiorita, al niveo bacio della luna, reiterando il sacrificio del giovane dagli scintillanti occhi neri.

La rosa delicata che stillava sangue e salvava la vita dall'oscurità.

Nessuno le avrebbe creduto; infatti, la sua lettera cominciava con le stesse parole, anche se la sua grafia era meno svolazzante e più facilmente comprensibile:

A te, che leggi e non credi, che hai dimenticato i tuoi sogni di bimba.

Solo il libraio le avrebbe creduto.

E infatti le sorrideva, il vecchio, le incredibili iridi nere che rilucevano come cristalli, mentre con riguardo accoglieva tra le mani il fodero facendolo svanire in un battito di ciglia; le sorrideva innegabilmente con lo stesso sorriso misterioso del giovane del medaglione.

E non aveva più il suo mantello nero.

Elina strinse forte il ciondolo e lo posò sul cuore chiudendo gli occhi.

Sì, i sogni esistevano, esistevano ancora... e la attendevano.

Là, oltre l'apparenza della realtà.

Lentamente, le palpebre accostate, Elina mosse un passo.

Il passo più lungo della sua vita.

E il caldo tepore di un manto nero la avvolse in un abbraccio di sogno.

GUERRE ULTRATERRENE

Amica del cuore di Cristina Donati

La città d'inchiostro di Alessandro Tozzola

Ti Effe Erre di Pietro Rainero

La promessa del marinaio di Adriano Viola

Il dono di Riana Rocchetta

Amica del cuore

di Cristina Donati

Il sole morde in agosto. La bambina si affaccia dalla soglia e guarda in strada ma il calore la respinge nell'ombra dell'androne.

Poi, sul volto le appare un sorriso incerto: la sua amica è lì e le corre incontro, sembra tremolare nella piena luce di mezzogiorno.

– Ciao Rite.

– Ciao Nemi!

L'altra bambina sono io.

Io mi chiamo Rite, che sta per Margherita Elisa, e sono molto bella, lo dicono tutti.

Ho sempre vissuto qui a Fondiano, un pugno di case arroccate sulle montagne lucchesi. Al paese siamo in pochi, i vecchi sono quasi tutti morti e i giovani andati via, ma ci sono famiglie, come la mia, che sono molto legate a questo posto.

Ho conosciuto Nemi quest'estate. Ha i capelli arruffati in una zazzera corta, un visuccio pallido e due occhioni neri neri. Ce n'è voluto per convincerla a uscire a giocare; all'inizio non voleva vedermi ma poi ha capito che desideravo tanto un po' di compagnia perché anch'io sono sempre sola. Adesso Nemi è diventata la mia amica del cuore e mi capisce come nessun altro.

Siamo sempre insieme, come due boccioli dello stesso fiore. Le ho mostrato tutti i miei posti preferiti: le rovine del castello, il vecchio lavatoio e i sentieri nascosti dove c'è sempre ombra. Lei mi racconta storie bellissime di mondi lontani, pieni di creature fatate che sconfiggono ogni male. Mi affascina ascoltarla ma so che è infelice perché le è successa una cosa brutta. Vorrei tanto fare qualcosa, vederla sorridere almeno ogni tanto.

Alla fine mi viene un'idea. Ogni estate, in questo periodo, la mia famiglia organizza una festa per celebrare i vecchi tempi, dal pomeriggio dell'Assunzione fino all'alba del giorno dopo. Aspetto questo giorno tutto l'anno perché è l'unica volta in cui Fondiano sembra scuotersi dal torpore degli anni.

Potrei invitare Nemi. In fin dei conti ha undici anni come me, ormai siamo grandi e potrebbe essere un'occasione per divertirci e magari farle dimenticare tutti i pensieri tristi.

Glielo chiedo il giorno prima della festa, in riva allo stagno, mentre guardiamo i girini nuotare nelle pozze d'acqua tiepida.

– Allora vieni?

Lei sbuffa e scuote la testa. È molto timida.

– Ci sarà un mucchio di gente... mi piace di più se siamo da sole, io e te.

– Ma dai, nel pomeriggio si fanno i preparativi per la serata, arrivano i teatranti, i funamboli, i giocolieri! Ci sono persino i venditori di dolci col carretto colorato come tanti anni fa, quando a Fondiano si viaggiava solo a dorso di mulo! E poi ti faccio vedere camera mia. E dopo il tramonto si balla anche! Staremo sempre insieme, mica ti lascio sola. Su, ti prego!

Nemi mi guarda tormentando i bottoni della camicia.

Si vede che è combattuta.

– Non so cosa mettermi. Non ho cose adatte – mormora poi abbassando il viso.

Ha i capelli sottili come la tela di un ragno.

– Ma non serve – la rassicuro abbracciandola. È così magra che le ossa sembrano bucare la pelle.

– Per tradizione noi mettiamo i vestiti vecchi. Se ti va ti do uno dei miei, tanto io metto sempre lo stesso, quello che in famiglia chiamiamo proprio il Vestito Vecchio! – Faccio una piroetta e mi inchino a lei come una vera damigella.

Alla fine, Nemi dice sì.

Oggi è il grande giorno, sono eccitata. Dalla finestra della mia stanza sorveglio la stradicciola che sale dal paese, non vedo l'ora che la mia amica del cuore sia qui. Le ombre meridiane si allungano e io non riesco a stare ferma per l'eccitazione. Quando arriverà? Casa mia non è tanto facile da trovare la prima volta, nascosta com'è in cima al bosco, fra le piante che sembrano mangiare i muri.

E poi Nemi compare. Si guarda intorno. Quando la chiamo alza gli occhi e mi vede, poi si avvicina, un po' esitante. Sono da lei in un battito di cuore.

– Vieni, Nemi! – La trascino dentro, dal cortile ci viene incontro il profumo delle frittelle di mele, mescolato a fumo e odore di animali. Dal loggiato, i corvi spiccano il volo tutti insieme e poi fanno un largo giro sulle nostre teste, come una specie di saluto. Per un attimo la loro ombra fa impallidire il sole ma poi sparisce. La giornata è splendida.

Al tramonto, Vesper brilla alta fra i torrioni. Ci siamo divertite un mucchio ma è ora di rientrare, si chiederanno dove siamo finite. Passiamo fra i grandi fuochi appena accesi e accelero il passo, non mi piace quell'odore dolciastro di spezie bruciate. Finalmente siamo nell'androne di casa, alla luce delle torce. Dopo la confusione della fiera, qui c'è tanta quiete e nessun rumore, solo qualche fruscio e la sensazione di voci lontane. Nemi si guarda attorno e fissa perplessa il selciato, poi fa un gridolino e un passo indietro: le fanno senso i topi! E poi quello lì per terra è anche morto, vicino alla roba da bruciare. Ma ora basta indugi, la prendo per mano e corriamo verso il salone tutto addobbato di rosso, verso lo sfavillio di luci che ci attende. Ma prima devo indossare il Vestito Vecchio, ci vuole solo un attimo.

C'è qualcosa che non va. Il viso di Nemi diventa ancora più pallido e la sua bocca si apre con un gemito soffocato. Sembra che le manchi l'aria.

– Nemi, cos'hai? – le chiedo preoccupata. Non capisco. Forse non le piace il mio vestito? In effetti è molto vecchio, lo indossavo quasi sette secoli fa. Lo so, è sudicio e strappato sui fianchi, ma i becchini mi hanno stuprato sul carro mentre ci portavano al lazzaretto. Comunque sono sempre io, no? Adesso non ho più il viso bianco e rosa come quando giochiamo insieme, però i miei capelli scintillano ancora come oro antico anche se non posso lavare via il sangue. Del resto anche lei sta morendo del morbo che infuria in questi tempi e lo sa. Non c'è motivo di spaventarsi.

La festa è cominciata, i vecchi amici e i parenti si avvicinano.

Nemi trema, la stringo per rassicurarla ma lei si svincola con un urlo. Ha gli occhi sbarrati. La vedo fissare i velluti scoloriti, le sete strappate che mostrano corpi lividi, ferite aperte, bubboni neri: abbiamo tutti il Vestito Vecchio, come sempre. Quello del giorno in cui siamo morti.

La mia famiglia ci ha visto.

La porto verso i miei cari, desidero tanto farglieli conoscere. Ci viene incontro mio fratello, è così bello anche se tanto pallido. È morto di febbre lontano da qui, quando ero piccola, e solo in questo giorno posso rivederlo.

Voglio che la mia amica condivida ogni mio affetto.

Cominciano le danze. Nemi è la favorita: tutti la desiderano perché in fondo è ancora viva ma non permetto a nessuno di toccarla. È confusa e cerca ancora di resistere ma poi chiude gli occhi e crolla fra le mie braccia.

Voglio ballare con lei tutta la notte.

La festa prosegue senza pause e senza respiro per ore, con la musica di cembali, liuti, flauti e tamburi sempre più forte. Il salone è un turbine di carne morta e rimpianti ancora vivi. E anche di attesa, perché fra poco è l'alba.

Quando Lucifer sorge nel cielo, Lui arriva.

È l'ospite più atteso.

Ci guarda tutti e avanza in silenzio fino al centro del salone, i capelli corvini, il corpo nudo e le ali nere. Da quando lo abbiamo invocato, in quei terribili giorni della Grande Moria, ogni anno viene a scegliere uno di noi per portarlo nel suo regno. Lì avremo non solo un Vestito Nuovo ma anche una nuova vita. O qualcosa di simile. Io e Nemi siamo le favorite, tante mani ci spingono verso di lui, tante voci ripetono i nostri nomi. Tremo d'ansia perché spero che Lui ci prenda entrambe ma è solo Nemi a essere avvolta nel suo abbraccio.

Capisco che il mio momento di lasciare questo Vestito e questo luogo non è ancora arrivato.

Un ultimo turbinoso giro di danza e Nemi se ne va fra le Sue braccia. Tutto svanisce nel primo raggio di sole.

Non ho più rivisto la mia amica ma so che il suo destino è mille volte migliore di quello che la attendeva qui, perché morire lentamente fra mani sconosciute, nella paura e nel dolore, è una cosa terribile che non riesco ancora a dimenticare.

Sono felice per lei.

Io sto ancora qui a Fondiano e faccio le stesse cose di sempre: gioco nei cortili, corro sotto il sole, volo nell'aria limpida e guardo giù, nella vallata, quei luoghi che non conoscerò mai.

Mi sento sola ma la prossima estate, magari, verrà qualche altra bambina al paese e troverò il modo di giocare con lei.

Sarà la mia nuova, meravigliosa, amica del cuore.

La città d'inchiostro

di Alessandro Tozzola

A un certo punto del mio viaggio, mi ritrovai in una città dall'apparenza molto antica.

Gli edifici erano di grandezze irregolari, addossati gli uni agli altri per riempire ogni spazio, come se si fossero stratificati in epoche successive e diverse. L'effetto claustrofobico generato era ulteriormente acuito dal fatto che a separarli c'erano soltanto vicoli, che si districavano furtivi diramandosi ad angoli retti e disegnando veri labirinti.

Frequenti scalinate e continui saliscendi conferivano al cammino un aspetto stranamente spigoloso e le costruzioni stesse avevano sembianze quasi affilate, come se fossero state soltanto bidimensionali. Ogni tanto da qualche parte sbucava un canale, in cui scorreva un rigagnolo nero che sembrava attraversare la città intera.

C'era un sacco di gente, variegata per età, sesso e connotati, come persone normali in una città qualsiasi. Un dettaglio però li rendeva speciali: erano completamente privi di colore. La loro pelle, i loro capelli, i vestiti, tutto era come disegnato in bianco e nero, al massimo con la scala dei grigi.

Anche edifici e strade erano completamente bianchi, tranne che per gli spigoli creati dagli angoli, dalle porte e dalle finestre, che erano invece un contorno nero, come un tratto di china.

Mi dovetti sedere su una panchina per prendere fiato. Da quando ero partito, non avevo mai avuto modo di riposarmi e avevo dovuto affrontare ogni genere di ostacolo. Ora invece potevo respirare tranquillamente e a pieni polmoni.

– Giovanotto, si sente bene? Le serve aiuto?

Mi svegliai di soprassalto e sbattendo gli occhi cercai di mettere a fuoco chi mi avesse parlato. A fatica identificai una donna di mezz'età che mi guardava preoccupata. Gli occhi erano due grandi punti neri e le sopracciglia sottili e ben curate parevano quasi delle virgole. I capelli bianchi come un batuffolo di nuvole.

– No, va tutto bene. Mi ero solo appisolato un attimo... – biascicai.

– Sicuro? Mi sembra un po' spaesato!

– In effetti, signora, è in parte così. Dove mi trovo? Come si chiama questa città?

La donna si fece pensierosa. – Dove ci troviamo, dice? Questa sì che è una domanda strana. Nessuno di noi se lo è mai chiesto, né ha mai sentito il bisogno di saperlo.

– Certo, ovvio – feci io, mascherando la mia perplessità.

Lei continuava a guardarmi apprensiva.

– È sicuro di sentirsi bene? Ha uno strano colorito...

– Intende la mia pelle rosa? Immagino non siate abituati...

Lei sorrise e scosse la testa. – Oh, nient'affatto! Capitano spesso da queste parti persone del mondo di fuori. No, io mi riferivo alle macchie.

– Quali macchie?!

La donna tirò fuori dalla borsa uno specchietto e me lo passò. Ebbi un sobbalzo: il vetro restituiva l'immagine di un mostro ricoperto di pelo biondo troppo cresciuto e con lembi di pelle nuda a chiazze rosa e marroni.

– Sono io?!

– Sì.

– Ma come sono conciato?! Faccio ribrezzo!

– Non dica così. Non sembra una malattia grave.

La guardai interdetto, poi compresi cosa voleva dire e mi affrettai a rassicurarla.

– Credo ci sia un equivoco. Non sono malato, è solo sporco. Vede? – Grattai con un'unghia un po' di terriccio dalla fronte, a mo' di dimostrazione. – Colpa della palude che ho attraversato prima di arrivare qua.

– Oh. Capisco – fece lei rilassandosi. – Quindi è qui in città da poco, giusto?

– Sì, e devo dire che ne sono ammaliato. Vorrei tanto poterla visitare tutta!

La donna sorrise. – Non c'è molto da vedere ma sarei contenta di poterle fare da guida. Ce l'ha già un posto dove stare?

Feci cenno di no, lei si propose per ospitarmi, io accettai con gratitudine.

Mi guidò lungo un percorso intricato per un lasso di tempo indefinito: infine, giungemmo a un'abitazione piuttosto anonima.

– Eccoci a casa! – disse con allegria e si fece da parte per farmi entrare.

Mi ritrovai in un monolocale spoglio, squadrato e lineare. La signora mi offrì una doccia e un pasto caldo che mi rigenerarono del tutto. Era da non so quanto tempo che non godevo di una così bella accoglienza da parte di una persona sconosciuta. Senza che me ne accorgessi, calò la notte e con essa un'enorme stanchezza. Con la promessa di condurmi l'indomani in un tour privato, ci coricammo.

Il mattino dopo, partimmo di buon'ora all'esplorazione della città.

– Allora – fece lei sempre allegra – vuole visitare la Torre degli Antenati, come prima tappa?

Mi sembrava un ottimo punto di partenza. Stavolta percorremmo una nuova strada, che alla fine ci condusse a una torre di cui non si vedeva la cima. Ci ritrovammo così in un immenso cilindro, a ridosso delle pareti del quale c'erano due ampie scalinate gemelle, che si avvitavano a spirale verso l'alto. Infossati nelle pareti, scaffali impolverati zeppi di libri rilegati e delle carte più varie. In certi punti, le file di mensole erano interrotte da statue di marmo bianco. Le mie esclamazioni di meraviglia vennero interrotte da un dito davanti alla bocca: la mia ospite mi guardava ora con occhi severi.

– È un luogo sacro! Bisogna fare silenzio – mi rimproverò.

Mi scusai con lo sguardo e la seguii lungo la scala di sinistra. Sembrava più una sorta di biblioteca monumentale che una Torre degli Antenati. Gli scritti custoditi, dei generi più disparati, erano tuttavia disposti in rigorosissimo ordine alfabetico. Le diverse sezioni, corrispondenti ciascuna a una lettera dell'alfabeto, erano separate da colonne di legno intagliato in stile floreale e presentavano un doppio ordine di catalogazione dei libri: discendente, e da sinistra a destra. Le statue invece raffiguravano uomini e donne dall'aspetto austero, lo sguardo fiero e serio fisso dinanzi a sé. Una delle prime aveva un'armatura e impugnava un gladio: sembrava un generale dell'antica Roma. Un'altra pareva una matrona e teneva le braccia incrociate, in atteggiamento di fermezza.

D'un tratto si udì un gran chiasso. Tutti i presenti abbassarono in simultanea lo sguardo su un terzetto di ragazzi, poco più che bambini, corpulenti e antipatici, che avevano appena varcato la soglia del santuario. Facevano un gran vociare e sonori scrosci di risa, incuranti della sacralità del luogo; uno di loro urtò con la spalla un anziano che stava consultando un libro al piano terra. Questi li guardò scandalizzato, poi sospirò e se ne andò. La mia guida fissò su di loro uno sguardo di rabbia talmente forte da farmi indietreggiare per la paura.

– Su, andiamocene – disse infine tra i denti.

Una volta usciti, le domandai: – Chi erano quei ragazzi? Mi sapevano tanto di teppisti!

Lei sospirò: – Non sono teppisti, nonostante la loro maleducazione e il loro poco rispetto delle nostre tradizioni. Sono Podcast, Deep Web e Coding, i Nuovi Arrivati.

– I nuovi arrivati?!

– Gli ultimi venuti a vivere in città. A volte capita che arrivi gente nuova da queste parti, è già successo, ma con questi tre è in qualche modo... diverso. Sono così diversi dal resto di noi, sembra che non gli interessi integrarsi.

– Dal poco che ho potuto vedere, non stento affatto a crederlo! – Una goccia di pioggia atterrò sulla mia fronte, colandomi lungo il viso. Alzai lo sguardo: il cielo si era fatto di piombo.

– Sembra che stia per piovere – constatai banalmente. – Che meraviglia! Non ricordo più quand'è stata l'ultima volta in cui ho visto piovere! – esclamai poi felice, spalancando le braccia e prendendo a ruotare su me stesso. Ma all'improvviso sentii una stretta al polso: era lei che mi fissava terrorizzata. Un'altra goccia era caduta sul suo volto ed era accaduta una cosa strana: scivolandole in viso, aveva tracciato una scia nera come l'inchiostro. La pioggia incominciava a cadere più forte in lontananza, se ne poteva già udire lo scroscio.

– Dobbiamo andare a casa, subito!

La guardai sorpreso.

– Si sbrighi! – mi incalzò lei. Cominciò a correre, trascinandomi dietro.

La pioggia ora batteva con insistenza, portando con sé una sensazione di fresco che ristorava la mia pelle. Tuttavia, ero davvero l'unico felice della situazione. Tutti quanti sembravano in preda a un attacco di panico collettivo. Correvano in ogni direzione, sbattendo gli uni contro gli altri con occhi folli e, a guardarli, sembravano diventati addirittura ancora più pallidi. Arrivammo a casa, ci precipitammo dentro, lei barricò la porta e si mise alla finestra a fissare la strada ora deserta.

– Mi può spiegare adesso?! È soltanto pioggia! – le dissi irritato. Lei parve non avermi udito, continuava a guardare fuori. La sua figura pareva all'improvviso più piccola e sbiadita. Fece un cenno col capo, verso fuori.

La pioggia adesso era diventata più fitta e generava un manto color inchiostro che arrivava a nascondere gran parte della visuale. Sembrava quasi una scena disegnata a china, in stile puntinato; solo che, invece di essere fissa, si muoveva. Riuscivamo a intravedere solo due o tre edifici, sul lato opposto della strada: ed erano proprio su quelli che lei stava cercando di attirare la mia attenzione. Socchiusi gli occhi per vedere meglio. E notai che i contorni neri del palazzo di fronte a me non erano più troppo netti. Non erano più dritti ma irregolari: quasi come se... stessero colando. Lei si voltò verso di me e io sobbalzai per la sorpresa. Dove il suo viso era stato colpito dalla pioggia, i tratti erano sbavati, i connotati stravolti e deturpati.

– Ancora credi sia soltanto pioggia?

Il giorno dopo, la pioggia smise di cadere e si fece il conto dei danni. La maggior parte delle case aveva preso forme strane, quando non si erano addirittura arricciate come fogli di carta bagnata. Per fortuna, l'abitazione dove alloggiavo non aveva subito danni così ingenti.

– Bisognerà rifare il tetto ma aspetteremo che prima si asciughi del tutto. Le pareti, almeno quelle sono in buono stato – disse la mia nuova amica. Quello che preoccupava tutti adesso era la possibilità che il canale che attraversava la città esondasse. Dicevano che era già successo, anni prima, dopo una tempesta durata giorni.

– Interi quartieri vennero letteralmente cancellati, con tutti i loro residenti.

– Un momento, un momento: cancellati... cancellati?

– Cancellati. Una sorte anche peggiore del Congedo.

– E che cos'è questo... Congedo?

Lei si incupì. Per fortuna, in qualche modo il suo volto era tornato alla normalità.

– Forse avrai l'occasione di vederne uno.

L'indomani, incominciarono a ricostruire. Dopo aver riparato il nostro tetto, demmo una mano al vicinato e questo mi diede modo di conoscere diverse altre persone. C'era un tipo nerboruto, scorbutico, che invece di parlare bofonchiava e aveva modi burberi. Avrei giurato che fosse un fabbro. Quando lo dissi alla mia amica, lei se ne stupì molto.

– Come fai a sapere il suo nome?

Poi bussammo alla porta di una casa sgangherata, in fondo a un vicolo cieco. Una catapecchia decisamente bisognosa di attenzioni, eppure nessuno era al lavoro. Lo avevo notato e lo dissi, e lei mi spiegò: – È difficile avvicinarsi, è molto scontroso...

Invece la porta si spalancò e dall'interno si affacciò proprio il vecchio scontroso di prima. – Vi ho detto di lasciarmi in pace! Ma lei non si arrese. Sfoderò il suo sorriso e gli disse: – Buongiorno, signor Cipiglio! Ci chiedevamo se per caso le servisse una mano...

Lui ruggì in tutta risposta: – Quante volte te lo devo dire, Ospitalità, che non ho bisogno di aiuto, non ho bisogno di niente! Vattene! – e ci sbatté la porta in faccia.

– È davvero scorbutico – dissi.

– Forse ha soltanto paura. Dicono che presto ci sarà un nuovo Congedo.

– E lui di cosa ha paura?

Ospitalità non disse niente, si voltò e s'incamminò.

– Presto, presto! Sta per succedere!

La voce ansiosa e gli scossoni mi svegliarono di soprassalto. Di fronte a me, in penombra, Ospitalità in preda all'ansia.

– Ma che succede?! Che ore sono?!

– Non c'è tempo, dobbiamo andare!

Mi vestii in fretta e la seguii. Era l'aurora. In lontananza il cielo nero si stava screziando di grigio, con filamenti di luce bianca. Le case gettavano ombre minacciose sui vicoli. Senza dire una parola, si incamminò a passo svelto. C'era un che di magia nell'aria, come se la città intera stesse trattenendo il respiro, in attesa di qualcosa di importante. Le strade erano silenziose e deserte.

Prima un brusio di voci, poi li intravidi: tanta gente, tutti stretti gli uni agli altri, che sgomitavano come a un concerto.

Poi, all'improvviso, sbucammo in una grande piazza. Provai un senso di vertigine nel trovarmi in uno spazio tanto aperto e ampio, così diverso dal resto della città. La piazza era gremita, si erano ritrovati tutti là per lo stesso motivo. Quale? Tutti quanti avevano lo sguardo rivolto verso un enorme palco rialzato, al centro del quale si ergeva un alto palo di legno e alla cui base era stato accatastato un grosso mucchio di arbusti e paglia secca.

Lei disse: – Preparano per il Congedo.

– Lasciatemi!

Tutti si volsero in quella direzione. La luce dell'alba inondò un terzetto che incedeva dal fondo della piazza: due figure nere e incappucciate che ne trascinavano una terza.

– Ma è il fabbro scorbutico di ieri! – esclamai sorpreso.

Il vecchietto che ci aveva sbattuto la porta in faccia si divincolava nella stretta dei boia. In faccia aveva ancora stampato quel suo classico cipiglio.

– Voglio parlare con l'Editore! Con i Capi dell'Accademia!

– L'editore?! I Capi dell'Accademia?! – chiesi a Ospitalità.

– Sono quelli che governano la Città – mi sussurrò di rimando.

Il signor Cipiglio venne trascinato sul palco e venne legato al palo. Uno dei boia cominciò a proclamare: – Oggi siamo qui riuniti per dare l'ultimo saluto a un caro fratello...

– Non voglio salutare proprio nessuno! – strepitava Cipiglio.

– ... a un amico che, giunto alla fine del suo percorso, si fa spontaneamente da parte a vantaggio dei Nuovi Arrivati.

In quel momento, sentii sghignazzare dietro di me. Mi voltai e vidi i tre teppistelli in erba, Podcast, Deep Web e Coding: così si chiamavano, aveva detto Ospitalità, che se la spassavano assistendo alla scena. Provai un'istintiva ondata di odio.

– Oggi è un giorno triste per tutti noi...

– No!

– ...ma anche di gioia, visto che, secondo le antiche tradizioni, la sua essenza vivrà in eterno. Vuoi dire qualcosa prima di congedarti?

– Fanculo i Nuovi Arrivati! Fottetevi tutti! Lasciatemi!

I boia si armarono uno di fiaccola, l'altro di un barattolo capiente. Il secondo aprì il contenitore e il primo accese le sterpaglie ai piedi del vecchio. Ben presto le fiamme si alzarono fino a circondarlo. Lui continuò a divincolarsi e a urlare mentre il suo corpo, al contatto con le fiamme, cominciò ad accartocciarsi e annerirsi come carta che brucia. Non potevo più sopportare quell'orrore: mi lanciai per salvarlo ma mi tennero fermo.

Le fiamme crebbero finché non lo avvolsero completamente. Poi dal cuore dell'inferno si innalzò leggero del fumo, sotto forma di piccole spirali, che a una certa altezza si incurvarono e si attorcigliarono, come se stessero danzando in aria, fino a formare delle parole. Erano frasi, dozzine di frasi, in cui la parola "cipiglio" si presentava di continuo.

– Quella è la sua essenza – mi sussurrò Ospitalità. – La storia della sua vita. Quando non viene più utilizzata da noi del mondo qua fuori, viene liberata delle sue spoglie mortali, per conservarla in eterno. Guarda.

Il secondo boia aveva sollevato il recipiente sopra il suo capo e ora le spire di fumo si incurvavano per calarsi al suo interno. Si formò così un ampio arco tra il cuore delle fiamme e il vaso, generato dal flusso continuo del rogo di parole. La folla di spettatori cominciò a intonare un canto funebre, prendendosi per mano e ondeggiando. Mi unii anch'io a quel rito, ancora in preda all'orrore.

Quando le fiamme ebbero consumato ogni cosa, e non volteggiavano più parole in aria, non rimase altro che cenere, che a questo punto venne raccolta con perizia all'interno del vaso, poi sigillato con cura religiosa e portato via. La folla si disperse. Ospitalità mi riportò a casa, imperturbabile, come tutti gli altri. Loro erano tranquilli, sereni, mentre io non riuscivo a pensare ad altro che a quella scena orribile, al sapore acre del fumo, a tutte quelle parole in aria.

Ti Effe Erre

di Pietro Rainero

– Butta il dado! – disse Cloto a **Lachesi**, che non aspettava altro.

– Sì, sì, che bello! Adoro gettare i dadi! – disse Lachesi, tuffando nella pentola stracolma di acqua bollente il cubo di estratti vegetali. Poi prese l'enorme cucchiaio di legno e si apprestò a rimescolare il liquido ribollente, esclamando: – Tra dieci minuti sarà pronta una minestrina con i fiocchi!

– Stupida! Intendevo il dado della vita! – la rimproverò Cloto.

– Ah... quello. Va bene, eccolo qui! Per chi devo buttarlo?

– Lancialo per Echimede, quel macellaio di Sparta.

Lachesi lasciò cadere dalla mano il dado a forma di cubo.

– Croce! – urlò tutta eccitata **Atropo** con le cesoie in pugno.

– **Ti-Effe-Erre** Ti-Effe-Erre! – gridava Cloto.

– Sì, sì, **taglia il filo residuo**! – la incitava Lachesi.

E Atropo tagliò. Recise il filo della lunga vita di Echimede, che a novantasette anni abbondanti lasciò questa valle di lacrime per diventare un'ombra vagante nel Regno dei Morti.

Già, perché allora funzionava proprio così (e neppure oggi credo le regole siano troppo cambiate): le nostre tre amiche, Cloto, Lachesi e Atropo, dipendenti di Ade, dio dell'Oltretomba, avevano il compito di tessere il filo del fato di ogni uomo, svolgerlo e infine reciderlo, decretandone la morte.

Per essere un po' più precisi: Cloto filava lo stame della vita, Lachesi lo avvolgeva sul fuso e, gettando un dado, stabiliva quanto filo spettasse ancora a ogni mortale; infine Atropo, l'inflessibile, lo recideva con le sue forbici. E il taglio del filo residuo, che era rimasto sino ad allora integro a partire dalla nascita di quella persona allungandosi al trascorrere di ogni anno, ne sanciva inesorabilmente la morte.

Le tre Moire, figlie dell'Erebo e della Notte, erano totalmente indifferenti alle sorti dei mortali. Erano tre vecchie signore, ciascuna con un solo occhio e un solo dente (ecco spiegata la loro preferenza per le minestrine). Qualcuno vi dirà che in realtà possedevano un solo occhio e un solo dente in tre, e che se li prestavano l'un l'altra all'occorrenza, ma questa è evidentemente un'assurdità, per tacer del fatto che una simile situazione complicherebbe non di poco i futuri sviluppi del nostro racconto.

Ricapitoliamo quindi: tre Moire **dipendenti** di Ade, con nelle loro mani i destini individuali di tutto il genere umano. Una volta l'anno viene lanciato (da Lachesi) il dado collegato a ciascuno, e da questo piccolo insignificante evento dipende la sua vita o la sua morte. Se viene fuori testa, allora il tizio o la tizia continua a mangiare, bere e dormire; se esce croce, beh... amen.

Le Moire venivano pagate piuttosto bene per il loro lavoro e, distaccate e anempatiche com'erano nei confronti degli uomini, erano sempre felici di poter recidere il filo della vita (o della morte, fate voi) secondo la volontà del Fato, o del Caso, chiamatelo come volete, insomma del dado.

Anticipo le Vostre obiezioni: lo so che la probabilità di morire a trent'anni non è quella di morire a novanta. E infatti i dadi non erano mica tutti uguali.

Fino a vent'anni il dado aveva duecentocinquantasei facce, su una delle quali soltanto era indicata la croce, mentre su tutte le altre c'era sempre il simbolo della testa. Quindi la probabilità di morire, per esempio, a dieci anni era solamente una su duecentocinquantasei.

Poi, con l'avanzare degli anni, le sfaccettature del dado si dimezzavano via via per fascia di età. Diventavano centoventotto tra i venti ed i quaranta anni, sessantaquattro tra i quaranta e i sessanta, poi prendevano a diminuire ogni dieci anni, diventando man mano trentadue, sedici, otto e, infine, quattro per gli anziani tra i novanta ed i cento. Quindi, a ottantatré anni, ammesso che uno ci arrivasse, la probabilità di raggiungere gli ottantaquattro era di sette su otto, poiché su una sola delle otto facce del dado è incisa la croce della morte.

Superato il secolo, sempre se uno ci riusciva, il dado diventava a due facce: praticamente una moneta, con il cinquanta per cento di probabilità di non sopravvivere fino al compleanno successivo. Ecco perché gli ultracentenari erano così pochi: per loro, la possibilità di poter festeggiare le centotré primavere era una su otto.
Ora, dovete sapere però che c'era una famiglia che, alle nostre Moire, stava molto ma molto antipatica. Di chi parlo? Parlo dei Setiti. E perché gli stavano antipatici?

Il motivo era che i componenti di questa famiglia, una dozzina di persone in tutto, avevano già da lungo tempo **tagliato** il traguardo dei cento anni, anzi... erano decisamente in là con l'età, avendo, ad esempio, Peleg duecentotrentanove anni, Enoch trecentosessantacinque e Noè addirittura novecentocinquanta.

Incredibile, vero? Soprattutto se ci si sofferma a pensare quanto esigua fosse tale possibilità. Poiché per un ultracentenario ogni lancio del dado (lo abbiamo già detto) implica ben una possibilità su due di lasciarci le penne, la probabilità di ritrovarsi ancora su questo nostro strano pianeta dieci anni dopo è una su due alla decima, ovverossia una su milleventiquattro; e quella di restare sano e salvo dopo un'ulteriore ventina d'anni è meno di una su un milione.

Ma invece, in **barba** a tutto ciò (erano comprensibilmente tutti forniti di una lunga **barba** da vecchi), i membri della famiglia Setiti continuavano a prendere metaforicamente a calci la statistica, mentre bellamente passeggiavano indisturbati per le poleis greche prendendo a calci i sassi, parlando, sorridendo o andando dal **barbiere**, apparentemente in buona salute (o manifestando solo un po' d'artrite).

Le Moire, o se preferite le Parche, come le avrebbero poi chiamate i Romani, erano furibonde. I fili della vita di quei ritrosi a decedere erano lunghi, troppo lunghi, e quello di Noè non era poi così lontano dal pavimento della capiente grotta in cui le Moire dimoravano e... lavoravano (passatemi il termine).

Era un lavoro indubbiamente stressante, sempre a **contatto col pubblico** (dei morituri), senza **orari**, senza mai un giorno di vacanza ma in compenso godevano di una buona **busta paga**. Ade versava loro pure i **contributi previdenziali** e non aveva mai fatto troppe storie per tutte quelle **ferie arretrate** accantonate in **bilancio**. Tra l'altro, se può interessarvi, la società di Ade, la Alcor Ade & Wife s.a.s., annoverava solo cinque dipendenti: la moglie del capo, Proserpina detta Pina, il factotum Caronte, il quale fungeva anche da autista, e infine loro, le tre Moire.

E loro non si lamentavano. Filavano le cordicelle che tenevano in vita i mortali in tutti i continenti e gettavano i dadi, cosa che Lachesi adorava, mentre Atropo si teneva pronta con le forbici in mano. Curioso destino davvero, quello di noi mortali: nascere con un taglio, quello del cordone ombelicale, e morire con un altro taglio, quello del filo delle Moire.

Insomma, era un lavoro che sembrava **tagliato** apposta per le nostre amiche Moire. E così la vita per loro **scorreva** tutto sommato tranquillamente, un tiro di dado dopo l'altro, tra un dipanar di arcolai e un tagliar di cesoie, in quella profonda caverna attraversata dal fiume Stige, che anch'esso **scorreva** tranquillamente, senza alcuna fretta, verso i secoli dei secoli.

Ancora a proposito di **contratto di lavoro**: c'era una clausola, la numero sette, che prevedeva il **licenziamento** in tronco delle tre Moire (e questo nonostante avessero ormai accumulato quasi due milioni di anni di **anzianità di servizio**!) nel caso in cui un filo della vita avesse raggiunto una lunghezza pari a mille anni, tale da farlo posare sul fondo dell'enorme grotta/**ufficio**, che era alta circa un chilometro.

Ecco spiegato l'astio delle tre nei confronti della famiglia Setiti (imparentata con Abramo, altro vegliardo barbuto e molesto). Cominciavano a essere nervose: quegli ostinati israeliti non si decidevano a morire!

Come era possibile? Nessuno poteva raggiungere i mille anni, ovvio! Si era mai sentita una cosa simile? La possibilità di arrivare al millennio di età era per loro uguale a quella di pescare un preciso granello di sabbia in tutto il Creato, e forse meno.

Un giorno, Cloto, che era la più colta e saggia, si era tolta lo sfizio di calcolare le probabilità dell'evento che un mortale, Setita o meno, **tagliasse** (senza che il suo cordone della vita venisse... **tagliato**, appunto) il traguardo del millennio.

Sapete a che risultato era arrivata? A una probabilità inferiore a uno su un miliardo di miliardi.

Calcolo da lei verificato ed esatto: le cose stavano proprio così. Ma intanto, quando veniva lanciato un dado associato alla famiglia dei Setiti, usciva sempre e soltanto **testa**! Che **testardi**, questi Setiti, non volevano proprio saperne di morire. Si sarebbe detto, ma era impossibile, che i dadi erano truccati. In **barba** alla teoria della probabilità e a ogni calcolo probabilistico, **testa, testa, testa e ancora testa!** Sulla faccia superiore del dado non compariva mai **croce**. Per la AA&W, la famiglia Setiti costituiva davvero un grosso tormento: una vera **croce**.

Comunque, mentre noi discutevamo di possibilità, Cloto, controllato il calendario, aveva deciso che colui che doveva ora sottoporsi ai giochi della sorte era un certo Polibio, un mercante di schiavi di un piccolo paese della Tessaglia. Avendo Polibio sessantadue anni, Lachesi impugnò il dado da trentadue sfaccettature; e lo lanciò, contenta come al solito, esclamando come al solito – Che bello, che bello!

Purtroppo per il caro Polibio, nonostante la teoria delle probabilità giocasse a suo relativo favore, venne fuori croce; e così un attimo dopo troviamo Cloto che urla il solito acronimo **Ti Effe Erre**, con Lachesi che le fa eco entusiasta: – **Taglia il filo residuo!**

Atropo non si fa pregare e, con le aguzze e lucenti forbici che sempre tiene in mano, recide il filo di Polibio, che, sorpreso e molto contrariato, va ad aumentare di un'unità il numero dei trapassati.

A proposito di dadi (della morte o da brodo) chiariamo una faccenda: Lachesi usava un solo dado della morte (o della vita, fate voi) perché, come le sue sorelle, aveva un occhio solo e sarebbe stato difficile con quello seguire il rotolare di due dadi. Ugualmente, avendo le tre un solo dente, mangiavano spesso la minestrina, che non richiedeva grandi sforzi nel masticare: erano dunque sobrie e frugali nel bere e nel mangiare. Già, le **Moire** erano davvero molto **parche**!

Ma intanto che noi discutiamo amabilmente di cibarie, era venuto il tempo, come ogni anno, di decidere il destino di Matusalemme, il meno giovane (passatemi il termine) della famiglia Setiti.

Era egli giunto infatti alla veneranda, venerabile e incredibile età di novecentosessantotto primavere (ma anche autunni) e costituiva pertanto la maggior preoccupazione delle tre colleghe, che iniziavano seriamente a preoccuparsi del mantenimento del loro **posto di lavoro** (vi ricordate la clausola numero sette?). Lachesi, pallida e tesa, prese il dado a due facce, e sotto gli occhi (ma solo due) delle sorelle, ugualmente in ansia, lo gettò con decisione sul pavimento, nella speranza di vedere finalmente la croce della morte invece della solita testa della vita.

I tre occhi erano focalizzati sulla moneta che ancora rotolava per terra e che poi, senza affanno, si fermò, mostrando la decisione da lei presa.

Scommetto che avete già indovinato quale fu la faccia mostrata dalla moneta: sì, proprio così... testa. Ancora una volta, l'ennesima volta testa!

– Ti Effe Erre – disse con un **filo** di voce Cloto, visibilmente preoccupata.

– Ma non posso tagliare il **filo**, non è croce! – le obiettò Atropo.

– Non è venuta croce... – confermò Lachesi.

– Cretine! Non mi riferivo al taglio del filo di Matusalemme: io volevo solo dire che, se continua così, sarà lo stesso Ade a tagliare il filo residuo che ci lega a lui in qualità di sue dipendenti. Voglio dire che ci licenzierà: **T.F.R.**, **Trattamento di Fine Rapporto**!

La promessa del marinaio

di Adriano Viola

C'è sempre tempo per morire: è il tempo per vivere che non basta mai.

Il vecchio se ne stava seduto immobile a scrutare l'orizzonte, le dita ingiallite che gli scostavano ogni tanto il mozzicone dalle labbra. Sembrava parte del panorama, fuso com'era coi pontili e le barche ormeggiate. Prendeva qualche sorso di rum da una bottiglia in un sacchetto marrone di carta pane, poi sospirava. Pareva in attesa da anni: la gente del posto era abituata a quel quadretto. Che era solo apparentemente sempre uguale: in realtà cambiava man mano nei piccoli particolari, quelli che il tempo aveva ricamato su quella tela vivente. I vestiti si erano fatti più logori e il volto sempre più scolpito dalle profonde rughe disegnate dai mille soli e dalle mille lune passate a navigare, a gettare e ritirare le reti. E poi... nei primi anni c'era una magica luce nel suo sguardo quando, finito il lavoro e sbrigata ogni cosa, prendeva posizione sulla panchina. Ma ora, giorno dopo giorno, i suoi occhi erano sempre più opachi, come rapiti dal grigio velo della rassegnazione.

Si raccontavano tante storie su quell'uomo: che in passato aveva trovato un grande tesoro, che un amico glielo aveva temporaneamente nascosto e sarebbe tornato a riportargli la sua parte. Per quello era lì in attesa. Altri invece dicevano che aspettava il ritorno di un figlio perduto tra le onde, oppure che stava là a parlare con i gabbiani, che riusciva a sentire il canto del mare, che era stato stregato da una sirena o che era solamente un matto con tanto tempo da perdere.

La ragazza gli si avvicinò sorridendo.

– Scusi, ha da accendere?

Sorpreso e contento di quella colorata intrusione, il vecchio annuì lentamente e si infilò le grosse mani in tasca, tirandone fuori un vecchio accendino.

Lei lo prese sfiorandogli le dita rugose e soggiunse emozionata: – Io mi ricordo di lei, vengo spesso qui e la trovo sempre a guardare l'orizzonte. Ma io, oltre allo splendido panorama non vedo altro!

Lui sorrise, lei continuò: – Posso sedermi vicino a lei? Solo il tempo di una sigaretta, non voglio mica rubarle il posto! Le voglio confessare una cosa: vengo qui a pensare ogni volta che ho dei problemi, quando sono triste e mi sento sola. E lo sa perché ci vengo? Perché sono sicura di trovarla. È come se le avessi confidato in silenzio i miei segreti... sa che mia madre faceva lo stesso? E poi si sentiva come... liberata, e poi... era come se la fortuna ci sorridesse, perché oltre a quella sensazione di benessere ci capitavano cose... interessanti: mia madre ha trovato un sacchetto di perle che ci hanno permesso di salvare la casa e di farmi studiare, noi non eravamo molto, come dire, agiati, dopo la scomparsa in mare di mio nonno. – Cambiò improvvisamente tono e, ridendo forte, continuò: – Chissà di noi due chi è il più strano: lei che guarda solitario un non so cosa o io che la guardo osservare e nella mia testa sto ore e ore ed ore a parlare con lei. Comunque ero venuta per salutarla, tra due giorni parto, mi sposerò col più bel ragazzo del mondo e pensi che l'ho incontrato proprio qui, al porto, in una giornata d'autunno in cui ci ero venuta come al solito. Mi sorprese un temporale, lui si fece avanti, mi diede il suo ombrello e... anche per questo devo ringraziarla, se non fossi venuta a spiare lei, non lo avrei mai incontrato!

Il vecchio si spostò leggermente per farle spazio, diede un sorso alla bottiglia, tirò due lunghe boccate, e pian piano dalle sue labbra screpolate cominciarono a farsi strada parole che sapevano di corda, di vento e di tabacco, di schiuma di mare e di antiche leggende oramai dimenticate.

– Ragazza, anch'io ti conosco, anch'io li sentivo tutti, i tuoi pensieri. Sono qui perché ho fatto una promessa e adesso voglio raccontarti una storia. Tanti anni fa, durante una battuta di pesca, la tempesta si abbatté su di un uomo e un ragazzo e spinse la loro barchetta contro uno scoglio, mandandola in mille pezzi. Nello stesso istante, dal mare emerse una strana creatura: con due occhi belli e chiari, occhi che al ragazzo risultarono subito familiari, perché li aveva sognati da sempre, gli pareva di averli addirittura già intravisti, qualche volta, nella scia della barca o nei riflessi dell'acqua. Quello strano essere porgeva le mani ai due naufraghi ma, con il volto rigato dalle lacrime, disse loro che purtroppo avrebbe potuto salvarne soltanto uno. L'adulto allora spinse nelle sue braccia il ragazzo aggrappato ad un tronco, lo spinse senza esitare: quel ragazzo ero io! Gli fece promettere di stare accanto a sua figlia finché lei ne avesse avuto bisogno. Poi sparì per sempre, ingoiato dalla furia del mare. Fu così che la sirena mi salvò. L'avevo sempre amata pur non avendola mai vista prima e volevo seguirla ma lei me lo impedì. “Hai fatto una promessa” mi disse, “e io non potrei mai amare chi non mantiene una promessa: torna indietro e fai quello che ti è stato chiesto, io ti aspetterò dovessi farlo per l’eternità. Quando avrai saldato il tuo debito, se ancora lo vorrai, io verrò a prenderti e ti porterò via con me per sempre”.

La ragazza lo ascoltava muta.

Poi due braccia che la stringevano da dietro la strapparono da quel racconto. Si girò e vide il suo fidanzato, che le diceva ridendo di essere venuto a colpo sicuro, e le chiedeva divertito cosa stesse facendo seduta tutta sola.

– Non sono sola, sto parlando con... – gli rispose lei girando la testa a indicare il posto accanto a lei sulla panchina, che però davvero era vuoto: c’erano soltanto una conchiglia, un vecchio accendino d’oro annerito e una bottiglia di rum dentro ad un sacchetto stropicciato di carta pane.

La ragazza trasalì, poi capì e sorrise: la promessa era stata mantenuta, ora il vecchio marinaio era libero di navigare verso il suo sogno.

Intanto al porto la gente continua a parlare: dicono che a volte, in estate, nelle notti chiare illuminate dalla luna piena, sedendosi su quella panchina si possono scorgere tra le onde un ragazzo e una sirena ridere insieme e nuotare abbracciati.

Il dono

di Riana Rocchetta

Parte I

La donna tolse il guinzaglio a Tobia. Finalmente libero, il cucciolo si lanciò di corsa lungo l'argine del fiume. Era un bravo cane e non si allontanava mai troppo. Correva via per poche decine di metri, poi faceva dietro front e tornava indietro, sempre di corsa. Saltellava eccitato aspettando che la donna gli lanciasse un rametto, o una pallina, per poi galoppare a riprenderli e posarli ai suoi piedi scodinzolando.

Con l'arrivo di Tobia si era scrollata di dosso una certa tendenza alla pigrizia e aveva iniziato a fare lunghe camminate. Ormai d'abitudine tutte le mattine, dopo aver accompagnato il bambino a scuola, andava con il cane a passeggiare lungo il sentiero che segue il fiume, poco distante da casa loro.

Nei fine settimana andavano tutti e tre insieme. Madre e figlio giocavano col cane, raccoglievano sul greto ciottoli dalle forme strane e si raccontavano storie fantastiche. In primavera, con gli alberi coperti di foglie e le prime fioriture, il paesaggio sarebbe apparso in tutta la sua romantica bellezza.

Ora, a gennaio, era spoglio e rinsecchito. Sottili lastre di ghiaccio luccicavano ai bordi dell'acqua, scura e immobile.

Quella mattina il posto era immerso in una nebbia sottile, sfumato fino al nulla di una dimensione bianca e irreale.

La vecchia le sbucò di fianco all'improvviso.

La donna, soprappensiero, sobbalzò.

– Mi scusi – disse la vecchia. – Non volevo spaventarla.

Era molto piccola, magra. Indossava un cappotto grigio, troppo grande, che dimostrava cent'anni, vecchio quasi quanto lei. Odorava di naftalina mista a un che di poco pulito. Stava curva, con le mani affondate nelle tasche. Teneva la testa bassa ma le lanciava rapide occhiate furtive e i suoi occhi erano lucidi, quasi febbricitanti, colmi di una tristezza infinita.

La donna ebbe un brivido.

– Che bel cucciolo. Quanto tempo ha? – Le parole le uscivano spezzate dalla bocca, afasiche, come quando si è stati in silenzio per tanto tempo.

Il tono mesto insieme all'interesse per il cane addolcirono la donna.

– Ha quattro mesi. Si chiama Tobia.

Camminarono insieme, con il cane che correva instancabile su e giù per la riva.

La vecchia non diceva nulla e per uscire da un silenzio imbarazzato la donna prese a parlare di sé.

Raccontò di lei e di suo figlio, di quanto fosse difficile allevare una creatura senza padre in quegli anni. Ma lei era fortunata perché il suo lavoro presso un amico notaio le permetteva di sbrigare a casa molte delle pratiche d'ufficio, così da poter trascorrere più tempo con il bambino. Avevano portato a casa Tobia un paio di mesi prima e tutti e due, anzi tutti e tre, erano al settimo cielo.

Dopo circa un chilometro arrivarono a un ponte che portava sull'altra sponda e la donna decise di tornare indietro.

– Io mi fermo qui – disse la vecchia in tono sommesso. – Addio. Questa sarà la prima e l'ultima volta che ci incontriamo. Un giorno capirà.

Era davvero un personaggio strambo.

Il tono, più che profetico, era stanco e rassegnato.

Ciononostante la donna rabbrividì di nuovo e si strinse nel soprabito.

La vecchia tirò fuori di tasca un oggetto e lo lanciò al cane.

– Prendi – disse rivolta al cucciolo. – È un regalo per te.

Un pupazzetto grigio volò fuori dalla tasca della vecchia e Tobia lo azzannò con un salto.

– È una brava bestiola – mormorò la vecchia, voltando le spalle alla donna e avviandosi verso il ponte. Mentre si allontanava trasse ancora qualcosa di tasca, la gettò nel fiume e in pochi metri scomparve nella nebbia.

– Tobia, Tobia, fammi vedere cosa ti ha dato.

Il cucciolo stringeva fra i denti un pupazzo floscio e spelacchiato. Di colore grigiastro, aveva l'aria sporca e la donna si ripropose di gettarlo alla prima occasione.

L'impresa si rivelò parecchio difficile. Non solo il cane aveva riportato il pupazzo a casa ma, ostinato, si rifiutava di consegnarlo. Quando non ci giocava lo nascondeva così bene che era introvabile e, se lei cercava di portarglielo via di bocca, protestava furibondo stringendolo a forza fra le mascelle.

Alla fine le riuscì di gettare quel cencio nell'immondizia. Il giorno dopo si accorse che, in qualche modo, il cane lo aveva recuperato e continuava a portarselo in giro.

Era un topo, un orrendo topo di stoffa grigia cucito a mano, forse appartenuto a un bambino tanto tempo prima. Aveva incollati sul muso due strass rossi che gli davano uno sguardo sinistro. Occhi accesi e maligni che sembravano vivi e la mettevano a disagio.

La vecchia era stata di parola, non era più comparsa durante le passeggiate ma in qualche modo aveva lasciato un'eredità inquietante.

Passò poco tempo e Tobia cominciò a deperire. Il veterinario non trovò niente di allarmante e ordinò un ciclo di vitamine.

Ma il cane non migliorava. E, strano a dirsi, le pareva che quel maledetto straccio schifoso a forma di topo fosse ingrassato.

Da quando il cucciolo si era ammalato, la donna e il bambino avevano perso la loro allegria, uscivano poco e spendevano tutte le loro energie nel tentativo di guarirlo.

Dopo qualche tempo la donna capì che il cane non ce l'avrebbe fatta. Al contrario, il topo di pezza sembrava più grosso, più pieno di ovatta, con gli occhietti rossi che brillavano più malefici che mai.

La donna era poco portata al pensiero magico, eppure la convinzione che la vecchia strega e quell'oggetto dallo sguardo cattivo fossero alla base della malattia del cane iniziò poco a poco a insinuarsi nei suoi pensieri; crebbe anzi fino a diventare un'ossessione e un giorno, esasperata, mentre il bambino era a scuola, riuscì a strappare il pupazzo dalle fauci ormai deboli del cane.

Poi lo portò in giardino, lo cosparse di alcool e gli diede fuoco.

Consapevole che quel gesto non sarebbe servito a guarire Tobia, almeno la liberava di una presenza sgradevole, che la metteva in allarme.

Quale fu il suo orrore, quel pomeriggio, nel rivedere di nuovo il topo grigio accanto al cane che, accasciato sul tappeto, cercava ancora di giocare con l'amico di pezza.

Il respiro le si strozzò in gola. Lo aveva guardato bruciare fino alla fine. Lei non soffriva di allucinazioni.

Lo ributtò nel fuoco e il topo ricomparve.

Lo bruciò di nuovo.

E ancora.

E un'altra volta ancora.

Come a compimento di una profezia il topo ingrassò senza lasciarsi eliminare, il cucciolo peggiorò e alla fine morì.

Dopo che il veterinario ebbe portato via il cane, la donna prese il gioco di pezza, tondo e morbido come se fosse stato riempito di cotone quello stesso giorno, e andò sul fiume, nei pressi del ponte dove aveva incontrato la vecchia. Piangendo di rabbia lo gettò nell'acqua torbida.

Il pupazzo fece qualche giro su se stesso mentre si allontanava nella corrente. Le parve che gli occhi rossi la fissassero pieni di scherno.

Tornò a casa. Rincuorò il bambino promettendogli che di lì a qualche mese avrebbero preso un altro cane.

Il tempo avrebbe cancellato i sorrisi tristi.

Era primavera inoltrata, i giorni avevano ripreso a scorrere in ritmi quotidiani e la donna aveva riordinato la recente esperienza in una cornice di fatale realismo.

Finché un pomeriggio, in giardino, il sangue smise di scorrerle nelle vene, una corrente gelata le scese lungo la schiena e un singhiozzo le uscì strozzato dalle labbra.

Poi gridò con quanto fiato aveva in gola. Gridò fino a che le forze le mancarono e cadde in ginocchio scossa da brividi.

Suo figlio le stava correndo incontro e stringeva in mano un oggetto di pezza grigio.

Parte II

La vecchia si destò in un bagno di sudore.

Gli incubi, che non l'avevano mai del tutto abbandonata, erano tornati. Si sedette stanca e tremante sul bordo del letto e la sua mano corse al tubetto di medicine, sopra il comodino, accanto a un bicchiere. Ingoiò due pillole con un sorso d'acqua e strascicò i piedi verso la cucina.

Non si guardò intorno.

Il luogo era lasciato al più completo abbandono.

Un tempo doveva essere stata una casa signorile: lo si notava nello stile dei mobili, nei quadri appesi alle pareti, nel tappeto ormai consunto che ricopriva il pavimento del soggiorno. Uno strato di polvere si era depositato ovunque e un'aria di sconfitta aleggiava su ogni cosa.

Sopra un ripiano erano incorniciate d'argento alcune foto in bianco e nero, ormai ingiallite. Ritraevano un bambino sorridente. In alcune era molto piccolo, poi più grandicello fino a dimostrare sei o sette anni.

In una di queste foto c'era un cucciolo di cane, anche lui in posa, diritto a testa alta accanto a una donna e al bambino.

In cucina, l'acquaio traboccava di stoviglie non lavate.

La vecchia si sedette, spazzò via con un gesto lento alcune briciole di pane secco dal tavolo.

Si guardò le mani attraversate da un reticolo di vene azzurre, piene di macchie, le unghie sporche e lunghe come artigli.

Si toccò la fronte e le guance cadenti; rimase assorta con lo sguardo fisso nel vuoto.

Poi ritornò in camera da letto, dove ingoiò altre due pillole.

Fissò il tubetto di sedativi, con i quali conviveva ormai da decenni.

Era così stanca, la mente le giocava dei brutti scherzi. Nel sonno aveva avuto visioni di un topo di pezza, un essere diabolico che le portava via il figlio. Non riusciva a cacciare la sensazione di déjà vu. Ma, a qualunque cosa il sogno si riferisse, apparteneva a una vita precedente.

Aveva provato a raccontare quello che le era accaduto. L'avevano presa per pazza e lei era davvero impazzita dopo la morte del bambino. Nel tentativo di contenere l'incubo entro i limiti più accettabili di un destino avverso, aveva compresso gli eventi di quel periodo a un grumo di memoria e l'aveva seppellito nel suo io più profondo.

Ma quella cosa che ritornava nei suoi sogni non l'aveva mai abbandonata.

Fissò a lungo il tubetto sul comodino.

Era così stanca.

Svuotò il contenitore sul palmo della mano.

Si riempì la bocca con le compresse e bevve qualche sorso d'acqua.

Poi si stese sul letto ad aspettare.

Per qualche oscura ragione la morte non la prese. Si destò, con le lacrime agli occhi, da un sonno letargico e senza sogni.

Perché non era morta?

Eppure le pillole prese erano più che sufficienti.

Forse la medicina era solamente un placebo? Si sentì truffata.

Ma ormai l'idea di farla finita si era radicata in lei e si meravigliava di non avere preso quella decisione tanti anni prima, quando aveva perso ogni ragione per vivere.

Allora andò in garage e si chiuse la porta alle spalle. La sua vecchia auto stava ancora lì, inutilizzata da molto tempo. Un catorcio, come lei, ma ancora funzionante. Entrò nell'auto, girò la chiave. C'era ancora un poco di benzina. Dopo un paio di tossicchiamenti la macchina si mise in moto e allora la vecchia aprì i finestrini, appoggiò la testa all'indietro sullo schienale e chiuse gli occhi.

Per la seconda volta si destò, il motore ormai spento.

Non capiva.

– È così difficile morire? – si chiese.

Scese dall'auto, il garage pieno di gas di scarico.

Eppure lei respirava.

Il chiarore dell'alba, che filtrava da una finestra in alto, illuminava lo specchio incrinato e coperto di polvere appeso di fianco alla porta.

Guardò di sfuggita la sua immagine riflessa e si bloccò. Un suono lungo e lamentoso le uscì di bocca.

Quella che vedeva nello specchio non era lei. Era qualcosa che se ne era stata rintanata per tutti quegli anni e in quel momento usciva allo scoperto. La vecchia, la stessa che le aveva lanciato il maleficio, che aveva dato il via a un orrore inenarrabile, che aveva distrutto tutto quello che lei amava, la fissava stralunata con gli occhi sconvolti. Sollevò la mano adunca a coprirsi il viso e lo stesso fece la vecchia nello specchio.

In un lampo di coscienza capì che era stato tutto vero. E tutto inutile: il tentativo di fermare gli incubi, tutti quegli stupidi dottori e tutte quelle stupide pillole.

Le lacrime presero a scorrere copiose, inarrestabili.

Capiva, oh sì che capiva, ora.

Tornò in casa e si diresse sicura verso un armadio che non veniva aperto da quarant'anni.

Non dovette frugare a lungo.

Certo che era lì, lo aveva sempre saputo. Ce lo aveva messo lei.

Di nuovo gli occhi rossi del topo la fissarono demoniaci, pieni dello stesso odio, dello stesso disprezzo.

Seppe cosa doveva fare e chinò la testa.

Da ultimo, ebbe un sussulto di ribellione. Frugò in una pila di libri e giornali vecchi, abbandonati sopra una scansia, finché trovò un quaderno vuoto.

Si sedette al tavolo della cucina e con mano tremante iniziò a scrivere la sua storia.

Scrisse del demone, del bambino, del cane e della vecchia che ora era lei, e chiese perdono. Scrisse più veloce che poté, per paura di perderne la volontà.

Poi chiuse il quaderno e andò a vestirsi. Indossò il suo vecchio cappotto, mise in una tasca lo straccio grigio che sembrava un topo e nell'altra il quaderno, e si avviò verso il fiume.

Faceva freddo e una leggera nebbia nascondeva le cime degli alberi e le anse più lontane.

Non dovette aspettare a lungo.

Una donna e un cane stavano arrivando dalla strada.

Niente da improvvisare. Tutto era già stato scritto.

Parlò un poco con la donna, fece con lei uno scampolo di percorso. Diede il pupazzo al cane, che lo azzannò tutto allegro, poi si avviò verso il ponte a capo chino.

Il quaderno le bruciava nella tasca.

Lo stringeva così forte che la mano prese a farle male.

Guardò ancora una volta la donna.

Poi tolse il quaderno di tasca e lo gettò nel fiume, prima di scomparire nella nebbia.

GUERRE VICINE

Tanta soffice neve di Maria Angela Maretti

Il rastrello di Angela Battelli

Perche e il sasso perduto di Anna Bottura

Una storia curda di Monia Minnucci

Tanta soffice neve

di Maria Angela Maretti

24 dicembre 2018, h 22.00

Un uomo e una donna stavano brindando davanti a un meraviglioso albero di Natale addobbato con preziose palle di vetro, piene di soffice neve che si muoveva lievemente appena venivano sfiorate.

– Un altro Natale insieme – gli mormorò lei all'orecchio, mentre lo accarezzava. – Quanti ne abbiamo già trascorsi? E siamo sempre più felici, vero Francesco – concluse Lucia.

Francesco non rispose, in realtà la moglie non si aspettava conferme, quindi si limitò a sorridere e a baciarle la guancia.

– Apriamo i regali, forza! Voglio che tu veda subito che cosa incredibile ho trovato per te quest'anno, dai aprila, aprila... – Si inginocchiò e prese un morbido sacchetto grigio. Mentre si rialzava, sentì come un gemito dietro di lei. Si voltò di colpo allarmata, Francesco si era portato le mani al petto mugolando di dolore. Lucia lo guardò preoccupata e gli appoggiò una mano sul viso, che era pallidissimo e sudato, poi cercò di sostenerlo per un braccio nel timore che cadesse.

– Cos'hai, Francesco, che succede? Cosa ti senti? – chiese ansiosamente Lucia.

– Chiama un'ambulanza... un'ambulanza... è il cuore... – riuscì a mormorare Francesco con un filo di voce. – Un dottore... sto malissimo...

Lucia lo aiutò a sedersi a terra con le spalle contro il divano, poi corse a chiamare dal telefono fisso che si trovava in un'altra stanza. Digitò il 118 e con voce rotta chiese un'ambulanza. – Più in fretta che potete, vi prego, è urgente, sta malissimo!

Mentre riattaccava, udì uno schianto alle sue spalle e tornò subito dal marito, già intuendo dal rumore cosa stesse accadendo: Francesco, afflosciandosi di lato, aveva urtato il basamento dell'albero che a sua volta era caduto portandosi dietro tutte le meravigliose palle di vetro piene di neve che lo ornavano. Neve che ora stava volteggiando lieve e impalpabile sul relitto dell'albero. Lucia si avvicinò al corpo di Francesco con circospezione. Gli tastò il polso, ma non sentì alcun battito. Si accoccolò quindi accanto a lui, cercando di evitare le schegge di vetro che erano finite dappertutto. La neve si era ormai posata, soffice e quieta, pronta a risollevarsi al minimo soffio. Lucia sospirò rassegnata osservando lo sfacelo in cui si era trasformato il suo splendente albero.

– Anche le mie palle di vetro, accidenti – mormorò tra sé. – Che disdetta – concluse malinconicamente. Estrasse il cellulare da una tasca dell'abito, chiamò il portiere e gli chiese di far entrare in casa il personale dell'ambulanza che aveva appena chiamato.

7 dicembre 2018, h 19.00

Lucia si ritrasse un attimo per il colpo d'occhio finale: sì, l'albero di Natale era veramente splendido. L'effetto neve sui rami contrastava piacevolmente con le decorazioni rosse e le preziose palle di vetro soffiato, piene a loro volta di neve vaporosa che oscillava dolcemente al minimo movimento.

Addobbare l'albero di Natale le piaceva tantissimo, la faceva sentire bambina e la immergeva dolcemente nei ricordi. Per questo si organizzava sempre per tempo in modo da averlo pronto già per la Festa dell'Immacolata.

Così decorato, l'albero risultava molto delicato ma d'effetto; le palle erano estremamente fragili, dato che erano di un vetro soffiato molto leggero, ma in quella casa non c'erano né bambini, né animali che potessero attentare alla loro integrità. Uno dei pochissimi vantaggi del non aver avuto figli, e conseguentemente nipoti, rifletté Lucia con una punta di amarezza. Nonostante fossero trascorsi tanti anni da quando lei e il marito avevano cercato di avere dei figli, il dolore non era mai svanito del tutto e a volte si riproponeva così, all'improvviso, cogliendola impreparata, come in quel momento, e lasciandole addosso una larvata malinconia che, ne era certa, sarebbe durata tutto il giorno.

Non l'avrebbe ammesso con nessuno, naturalmente. Lei e Francesco stavano insieme dai tempi della scuola e nel loro ambiente erano considerati una coppia solida e felice. Francesco viaggiava molto per lavoro, era un ingegnere chimico. Volava dove c'era bisogno di costruire impianti. Finita una missione, tornava a casa per un po', godendosi l'elegante appartamento di Torino in zona Crocetta, regalo dei genitori per il matrimonio, e la piccola baita a Bardonecchia. Entrambi amavano sciare d'inverno e fuggire dall'afa della città durante l'estate.

Il suono del campanello riscosse Lucia che corse ad aprire al marito di ritorno dopo alcuni giorni trascorsi in baita. Dopo un bacio veloce e lo scambio di qualche parola, Francesco si precipitò a cambiarsi. Era la vigilia della Festa dell'Immacolata e Torino, già addobbata a festa, offriva spettacoli di vario genere nei suoi celebri teatri. Loro avevano scelto un balletto in scena al Regio in Piazza Castello, preceduto da un aperitivo da Mulassano e a seguire una cena al Pastificio Defilippis in Via Lagrange: un vero classico sabaudo. Il tutto con il solito gruppetto di vecchi amici.

Dato che era già pronta, pensò di sfruttare la mezz'oretta libera che aveva per togliere la roba sporca dal piccolo bagaglio che Francesco si era portato in montagna. Vuotò con cura tutte le tasche del borsone. Infilò poi una mano in una taschina laterale ed estrasse un piccolo blister. Lesse il nome sul retro e rimase senza parole: *Cialis*, nome commerciale del *Tadalafil*, farmaco sconosciuto in quella casa.

25 dicembre 2018, h 01.00

Lucia cercava di radunare le poche forze rimaste per chiamare i suoceri. Per oltre trenta minuti i sanitari avevano tentato di rianimare Francesco steso sul pavimento di casa, ma non c'era stato nulla da fare. Una volta in ospedale era stato dichiarato morto e ora Lucia sedeva in una sala d'aspetto dell'Unità di Terapia Intensiva Coronarica del Mauriziano, le mani in grembo, la gola chiusa pensando alla telefonata che doveva fare. Un alberello con le lucine intermittenti cercava di infondere un minimo di atmosfera natalizia. Aveva sempre avuto un rapporto piuttosto formale con i genitori di Francesco, cortese, ma senza spontaneità, né tantomeno affetto.

– Mariarosa, sono io, Lucia.

– Lucia carissima, è tanto che cerchiamo di chiamarti a casa per gli auguri, ma non risponde nessuno. Siete fuori? Francesco è lì? Me lo passi subito, per favore?

– Sì, siamo fuori. Mi passa Giulio, per piacere? Devo parlargli urgentemente.

– Come vuoi, Lucia. – Già piuttosto seccata, la suocera passò il ricevitore al marito.

– Dimmi carissima! – Lui era un po' meglio della moglie. Rimaneva un uomo molto autoritario, che ispirava soggezione ai più, ma non aveva mai mancato di trattare la nuora con gentilezza. – Ci sono problemi? Sei con Francesco?

– È meglio se viene subito, Giulio. Sono al Mauriziano...

– In ospedale? Ma che è successo? Tu come stai? E Francesco?!

– Io sto bene, sì... ma Francesco... Francesco è... – e scoppiò in lacrime.

Si mise a singhiozzare così forte che non udì neanche il suocero che le urlava: – arriviamo, arriviamo subito, stai tranquilla.

In pochi minuti furono lì. Vedendo Lucia sola nella piccola sala d'aspetto, il viso stravolto dalle lacrime, intuirono subito l'entità della tragedia. Mariarosa si accasciò a terra silenziosamente, quasi con grazia, come tutto quello che faceva lei. Appena la moglie fu portata via in barella, Giulio si sedette pesantemente accanto alla nuora. Non disse nulla, si limitò ad abbracciarla e lei, con voce rotta, gli raccontò tutto.

Dopo, stettero in silenzio per un tempo che parve lunghissimo.

– Ma Francesco è sano, sta bene, com'è possibile che... – Giulio non si rendeva nemmeno conto di usare il presente, la realtà del figlio morto ci avrebbe messo mesi a sedimentarsi nella sua mente.

– È quasi un anno che Francesco prende dei farmaci contro la pressione alta. Non ve l'ha mai detto per non preoccuparvi – spiegò Lucia con un filo di voce. – Ma stava bene, si era abituato. Aveva ogni tanto mal di testa, capogiri, però in complesso la situazione era sotto controllo. Sai che lo seguiva Claudio, il suo compagno di scuola, e ci diceva di stare tranquilli, l'ipertensione verso i sessant'anni è piuttosto comune. Gli aveva consigliato di non esagerare con fumo e alcool, e ovviamente con certi farmaci che...

Ma Giulio non la stava più ascoltando. Un medico appena entrato gli stava dicendo che Mariarosa era stabile ora e chiedeva di lui. Si alzò e si avviò dopo una veloce carezza sui capelli di Lucia. Camminava curvo, notò lei, come se tutta Torino fosse sulle sue spalle e lui non ce la facesse più.

13 dicembre 2018, h 20.00

Si stavano preparando per ricevere alcuni amici. Organizzavano sempre una cena a casa loro il giorno di Santa Lucia, per il suo onomastico/compleanno. Per l'occasione aveva riciclato un tubino nero, semplicissimo, ma che le stava d'incanto, ravvivato da un filo di perle.

Uscì dalla stanza guardaroba per controllare a che punto fosse Francesco. Lo trovò seduto sul letto, ancora in accappatoio.

– Ma come? Non sei ancora vestito? E gli aperitivi da preparare?

Qualcosa però nell'atteggiamento del marito la preoccupò.

– Non stai bene, Francesco? Che succede?

– Niente, niente, sto bene adesso – si affrettò a rassicurarla lui. – È stato solo un capogiro quando sono uscito dalla doccia, ma ora è tutto passato, davvero. Sto bene.

– Non saranno mica quelle medicine per la pressione alta che ti danno fastidio?

– Ma no, cosa dici – ribatté lui, un po' spazientito. – Qualche giramento di testa ogni tanto non è nulla.

– Va bene – concluse Lucia sospirando. – Allora vado a preparare un aperitivo, con pochissimo alcool, intanto che ti vesti. Così brindiamo insieme, solo io e te.

28 dicembre 2018, h 10.00

Il funerale fu alla Crocetta, il nome familiare con cui tutti a Torino conoscevano la Chiesa della Beata Vergine delle Grazie. Fu una cerimonia sobria, come si conveniva in una famiglia di antichi natali sabaudi che in quel quartiere viveva da generazioni.

I cardiologi avevano confermato come causa della morte un infarto al miocardio, probabilmente dovuto a un picco di ipertensione che i betabloccanti non erano riusciti a contenere. Lucia e i suoceri non vollero sapere altro e ognuno rimase chiuso nel suo dolore. Il trasporto di affetto che Giulio aveva avuto nei confronti della nuora era già svanito. Del resto, doveva gestire la moglie, che impazzita dal dolore non faceva che recriminare ed incolpare Lucia di essere in parte la colpevole perché non sapeva cucinare bene e quindi quel cibo cattivo ed indigesto aveva sicuramente danneggiato la salute del suo povero figlio.

Sì, Giulio ne aveva abbastanza, senza contare che aveva ottantacinque anni e un dolore simile lo aveva annientato.

L'unica che sembrava calma e manteneva un contegno dignitoso e quieto era la vedova, che si guadagnò la stima ed il rispetto di tutti i partecipanti.

La tumulazione nella cappella di famiglia concluse il rito, poi ognuno a casa propria. I suoceri non la invitarono e Lucia ne fu felice perché era stanca e sfibrata.

25 giugno 2019, h 12.00

La Commissione di Laurea rientrò nella sala dove i laureandi attendevano la proclamazione.

Arrivò il turno di Lucia, il professore le fece come prima cosa i complimenti per aver trovato la forza di completare la tesi dopo un dolore così grande. E poi pronunciò la frase di rito.

– Signora Lucia Maino, la Commissione, considerato il curriculum degli studi da Lei compiuto e valutata la tesi di laurea, attribuisce alla prova finale la votazione di 110/110. Questa Commissione, inoltre, ha deciso di conferirLe la lode. Per l'autorità conferitami dal Magnifico Rettore, la proclamo Dottore magistrale in Chimica e Tecnologie Farmaceutiche.

Lucia sorrise, sorpresa e felice dell'eccellente risultato. Non sperava in un voto così alto, la lode, poi! Era arrivata con una buona media, ma di certo la Commissione aveva apprezzato la tesi per l'ampiezza di dati e le analisi accurate che aveva compiuto, oltre alla mole di lavori scientifici che aveva esaminato.

Si avviò dopo aver messo in borsa la sua copia della tesi, sul cui frontespizio spiccava a lettere dorate, su fondo blu, il titolo: *Tadalafil ed effetti collaterali, sovradosaggio in pazienti trattati con betabloccanti.*

Il rastrello

di Angela Battelli

La storia che vi voglio raccontare io non lo so se è realmente accaduta o se invece è soltanto il frutto della mia fantasia: quello che so e che posso dirvi è che quando hai sei anni, comunque siano andate le cose, per te era e resta vita vissuta veramente.

Sto passeggiando lungo l'argine dell'Oglio: posto adorabile, immerso nella natura, circondato da alberi e altri corsi d'acqua più piccoli.

La mia missione del giorno è catturare più ragni possibile: quelli belli, gialli e neri, e le affascinanti mantidi religiose. Rinchiuderli in un vasetto di vetro, anzi due, divisi perché altrimenti sarebbero guai. Me ne sto accucciata nell'erba alta e fitta, ad osservare; ed è a questo punto che sbuca dal nulla una donna, tutta trafelata. È abbigliata in modo strano: sono vestiti d'altri tempi quelli che indossa. La seguo con lo sguardo, corre verso un grosso rastrello appoggiato a una quercia. Lo prende, lo capovolge con i denti all'ingiù e scappa. Dalla terra giungono bisbigli, ho paura: in questo posto ci sono i fantasmi! Una mano sbuca dal terreno, trattengo il respiro, rimango immobile, paralizzata. La mano spinge una botola interrata, ecco da dove arrivavano le voci! Dalla botola escono due uomini.

– Otto, ci siamo: è arrivato il messaggio, la pista è libera, possiamo entrare in azione!

– Sì! Stasera aspettiamo il convoglio al ponte di Marcaria!

– Lo facciamo saltare, sì?

– Sì, con tutti i rifornimenti, dovranno dire addio a cibo e armi!

– Avvisiamo i nostri?

– Sì: prepariamogli un bel botto, a quei bastardi!

– E l'esplosivo, chi lo porta?

– Il Gobbo.

– Bene, però adesso rientriamo, ché la notte sarà lunga. Otto, vai tu dagli altri...

Otto è piccolo e tarchiato, moro, di carnagione olivastra. Tratti del viso ben marcati, gambe corte e robuste. Solleva con facilità una cesta piena di erba medica e si avvia verso il paese. Lo seguo, non si accorge di me. Guardo con stupore il paese, non ci sono più le strade asfaltate, pure certe case sono scomparse. Possibile sia la stessa strada che ho percorso tante volte?

Otto si ferma di fronte a un edificio fatiscente, parzialmente distrutto, come se fosse stato colpito da una bomba. Posa a terra il cesto e si mette a fischiettare. Dal rudere viene fuori un ragazzo: il suo viso è gradevole ma le spalle sono incurvate. Capisco che si tratta del Gobbo. Bisbigliano tra loro, fatico a sentirli, mi avvicino pian piano, porca miseria sono inciampata! Ma stranamente non si accorgono di me: che mi sia trasformata anch'io in un fantasma? E allora prendo a saltellargli intorno, gli urlo nelle orecchie; niente, non mi vedono e non mi sentono. Bene.

– Ciao Gobbo, è per stasera, lo sai, no?

– Certo, Otto. Illumineremo Marcaria a giorno, vedrai! Ma prima devi aspettare il Gufo. Saetta e io andremo direttamente là a mezzanotte.

– Sicuri che nessuno abbia cantato?

– Il Barba dice che stavolta è la volta buona.

Otto lascia il Gobbo e se ne torna nel suo rifugio sotto la quercia. Alza la botola e scompare di nuovo sottoterra. Io ho troppa paura per seguirlo, lo aspetto fuori. Mi appoggio a un albero e aspetto. Dalla mia pancia proviene un brontolio ma non posso abbandonare il mio posto di guardia, devo essere coraggiosa. Ma poi mi viene sonno e allora mi metto comoda. Intanto è calata la notte, che ora avvolge tutto, mentre intorno a me danzano le lucciole. Quanto le vorrei catturare!

Il verso di una civetta mi scuote dal mio torpore e la botola si apre. Ecco, escono, finalmente... il grande momento è arrivato!

Camminiamo assieme sulla strada lungo l'argine che collega San Michele a Marcaria, la notte è illuminata da una bella luna che spande la sua luce argentea, dando a ogni cosa un aspetto innaturale.

Otto e Barba procedono cauti, la missione è tutta nelle loro mani. Questa volta non possono sbagliare, se vogliono liberarsi una volta per tutte dei tedeschi e dei loro tirapiedi. Dopo circa due chilometri, arriviamo sotto il ponte. Otto fischia, da dietro un pilastro sbuca il Gobbo.

– Dinamite a posto, l'ho piazzata in tre punti, il ponte verrà giù in un attimo!

– Ora dobbiamo soltanto aspettare che... zitto, sento dei passi!

– Sono io, il Menalca. Stanno per arrivare!

Silenzio totale, poi in lontananza il rumore dei motori, poi le vediamo: una decina di camionette scortate dai sidecar.

Ci siamo: meno cinque, meno quattro, meno tre, meno due, meno uno...

BBBBOOMM!!!

L'esplosione è tremenda, le denotazioni si susseguono l'una all'altra, il cielo si illumina a giorno, si sentono spari, latrati, urla di disperazione. Il ponte è saltato, i miei amici ce l'hanno fatta.

– Via via via! Prima che arrivino i rinforzi!

Torniamo di corsa al nascondiglio; e stavolta ho troppa paura, mi ci infilo anch'io. È una semplice buca scavata nel terreno: si sente l'odore di terra bagnata, di umido, di foglie marce. Si guardano fieri, si danno pacche sulle spalle. Vorrei poter partecipare ancora a questa silenziosa festa ma mi addormento sfinita.

Un leggero cinguettio ci risveglia, ci stiracchiamo. Otto alza la botola, vede il rastrello capovolto: via libera, usciamo. C'è la donna del giorno prima, che è venuta ad avvisarci che il nascondiglio non è più sicuro e che ci si ritrova nel panificio. Ripartiamo, sono tutta indolenzita e sporca di terra. Camminiamo furtivi, gli uomini portano dei sacchi di juta, dentro ci sono le armi.

Il panificio è chiuso, Otto bussa tre volte: il chiavistello scorre, Otto spalanca la porta con un calcio. Lo travolge una raffica di mitragliatrice, i compagni estraggono le armi per rispondere al fuoco ma per Otto è già troppo tardi: ha il ventre squarciato, perde copiosamente sangue. Due tedeschi morti sono riversi sul bancone.

– I crucchi hanno avuto una soffiata, ragazzi scappiamo!

In due trascinano Otto che non sta più in piedi, il nostro percorso segnato da una scia di sangue.

– Gobbo, andiamo alla valle!

– Otto come stai?

Otto non risponde: è svenuto.

Faticosamente arriviamo, l'erba alta ci copre. Ci avviciniamo alla riva del fiume, c'è ormeggiato un battello, è un posto perfetto per il nostro Otto. A grande fatica lo depositano all'interno della barca, poi lo ricoprono con delle canne.

– Gobbo, dobbiamo andare!

– Ma non possiamo lasciarlo così!

– Andremo a cercare un medico, forza, qui non possiamo fare più nulla...

Otto è scosso da tremiti, si tiene il ventre, il dolore è fortissimo, la maglia è inzuppata di sangue.

– Otto, torniamo presto!

Io mi rannicchio accanto a lui: lo rassicuro, gli confermo che presto torneranno. Ma intanto le ore passano; mute, pesanti. Un cielo stellato ora ci guarda dall'alto e nessuno è ancora arrivato. Sento che Otto se ne sta andando. Stacco la corda e con il remo spingo la barca al centro del fiume. Mi corico accanto a lui e gli canto l'unica canzone che conosco: Fra' Martino Campanaro. Lui apre gli occhi e mi guarda, mi accarezza la testa con la mano. La barca segue la corrente, mentre Otto sussurra: – Noi siamo battelli, nati e vissuti sull'acqua...

Accesso passato (Angela Battelli)

Perche e il sasso perduto

di Anna Bottura

Chi è quella "strana" laggiù?

Se c'è qualcuno di strano per strada, e ha un paio di sassi in mano, sicuramente quella è Perche. Sì, avete letto bene: Perche, senza l'accento sulla e.

Lei è davvero particolare: lo si capisce già soltanto dal nome... davvero non so quanti di voi conoscano qualcuno che si chiami così!

La sua più grande dote è la curiosità, seguita dalla stranezza, a sua volta seguita dalla testa tra le nuvole. E a proposito di stranezza, se è possibile parlare con i sassi, beh! lei ne è capace, ne ha una collezione infinita e li conserva con cura: ognuno ha un nome ed una caratteristica inconfondibile, che naturalmente vale solo e soltanto per lei. I sassi se li infila in tasca e, sapete, la sua giacca è magica, perché quando ci rinfila la mano... oltre a dei sassi c'è spesso un pezzetto di cioccolata – Perche adora la cioccolata! – e soprattutto una minuscola macchinina, una Cinquecento: poi vi spiegherò perché. L'altra cosa che Perche tiene sempre in tasca è il suo sasso preferito con il fulmine. Si chiama Meraviglia e, proprio come la sua custode, è molto particolare: infatti ha una chiazza bianca che sembra un fulmine. Perche le parla come un'amica, sì, esatto! Un' amica ma di pietra.

Perche è singolare anche nel suo modo di vestire: sciarpa di lana rossa, leggings neri, una felpa presa a caso dall' armadio. I suoi lunghi capelli castani, tutti ricci e arruffati, le arrivano fino al sedere. All'inizio di questa storia, abitava in una bella casetta singola con i suoi genitori, nel centro di Rovereto (vicino a Trento). A scuola era la prima della classe ma tutti cercavano di starle lontano, per le sue stranezze; lei se ne infischiava e diceva che i suoi sassi valgono più di mille amici: una volta che hai imparato a parlarci assieme, diceva, scopri che in realtà sono dei gran chiacchieroni.

Ma adesso andiamo indietro al principio della nostra storia. Perche sta correndo sul marciapiede per non fare tardi a scuola, dopo che ha perso ancora una volta la corriera.

– Uffa, arriverò in ritardo anche oggi – strilla mentre l'autobus si allontana. E, come se non bastasse, mentre continua a correre, dalle tasche le scappano i suoi sassi, che se ne vanno a rotolare in giro per la strada. E i suoi guai ahimè non sono ancora ancora finiti: Meraviglia è finita in un tombino.

– Oh no! Ci mancava solo questa! – piange e si dispera Perche. Poi si calma, apre il tombino e ci si infila ma... Meraviglia non c'è. Forse il fango scivoloso l'avrà fatta schizzare più avanti, pensa Perche, e torna a incamminarsi, con gli occhi bene aperti fissi a terra, nella speranza di scovare la sua amica di pietra perduta.

Locanda Parsipular-Pochi

Sta camminando ormai da parecchio, quando arriva davanti a un edificio malandato. Sulla facciata, un'insegna scolorita con su scritto "Locanda Parsipular-Pochi". Da fuori si direbbe una specie di locanda da far west abbandonata. E indovinate cosa fa ora Perche? Ma è facile, no? Entra, e si ritrova in una incredibile grande sala dal delizioso pavimento a scacchi bianchi e neri, circondata da immense librerie che arrivano fino agli alti soffitti, al centro tanti tavoli rotondi, sedie e poltroncine. Su un lato c'è un bancone di legno scuro e da lì dietro compare una fata di straordinaria bellezza: capelli nerissimi raccolti in una treccia, un vestito di seta leggera color verdino e due ali che sembrano di vetro, tanto sono belle e lucenti. La fata afferra Perche per un braccio e le dice sottovoce: – Stanotte ti fermerai alla locanda: e domani, se vuoi ritrovare Meraviglia, dovrai fare quello che avrai sognato!

– Dici sul serio? – fa Perche dubbiosa.

– Ma certo! – risponde la fata e continua: – Io sono Smemoraila. Tu devi essere Perche. Dai, vieni che ti faccio vedere la tua stanza!

Perche lì per lì resta stupita e incredula ma poi si convince che probabilmente la fata dice la verità. Altrimenti come farebbe a sapere cosa sta cercando e addirittura come si chiami? Con un nome così non può certo aver tirato a indovinare... e allora segue Smemoraila nel corridoio che porta fuori dalla sala, poi su su su su per almeno cinque scale a chiocciola. Dall'esterno, il palazzo sembrava piccolo ma dentro è dieci volte tanto! Arrivano infine all'ultimo gradino, da dove si diramano altri corridoi; Smemoraila ne imbocca uno e apre una porta: la numero 687.

– Bene, questa è la tua stanza per stanotte: adesso riposati e poi scendi per la cena. Io ora ti lascio: benvenuta alla locanda Parsipular-Pochi!

Perche, rimasta da sola, si tuffa sul letto con un paio di capriole. Più tardi, scende a cenare con la fata: chiacchierano del più e del meno e poi, terminata la cena, risale in camera e si addormenta subito, russando profondamente.

Il Principe Notterabù

Appena addormentata, Perche sogna subito Meraviglia, il suo sasso. Sono in una radura in mezzo al bosco e lei le sta parlando come al solito. Poi, all'improvviso, anche Meraviglia inizia a parlare ma con le parole che capiscono tutti, proprio come se fosse anche lei una persona. La invita a seguirla fino a un castello diroccato lì vicino. Nella torre più alta c'è rinchiuso qualcuno, Perche lo vede a una finestra: sembra un Principe, indossa una giacca di pregiato tessuto blu, con cuciture d'oro, e pesanti stivali di pelle. Ha un'espressione addolorata e al tempo stesso terrorizzata, sembra l'emblema dell'infelicità, con quegli occhi e quell'espressione scura. Perche decide di liberarlo: si precipita alla porta d'ingresso del palazzo ed entra in cerca dell'entrata alla torre ma le stanze iniziano di colpo a girare come se fossero mosse da una manovella e subito anche a Perche inizia a girare la testa. Vede una signora dai capelli neri vestita con una gonna corta e lucida, di un verde scuro accattivante, e con una giacca di pelle nera, stivali e calze nere. Sembra una colombella appollaiata e poi... Drin drin drin drin! Suona la sveglia, sono le dieci.

Perche si alza e va in sala da pranzo, dove Smemoraila la attende con in mano una tazza di tè.

– Ho fatto il sogno ma mica ho capito cosa devo fare?

– Ora te lo spiego io – la interrompe subito Smemoraila. – Devi andare su Alomia, quella che chiamano la Stella del Sole: tranquilla, ti ci porto io. Poi devi trovare Dorarin, penserà lei a farti trovare Meraviglia.

In viaggio per Alomia

Smemoraila conduce Perche in una parte della locanda che lei non aveva ancora visto. Sta dietro a una delle librerie della sala grande e ci si arriva montando sulla scala a pioli che porta in soffitta. Di là arrivano in una stanza scura, tutta fatta di legno marcio e scricchiolante, tra le assi sconnesse e bucherellate delle pareti soffiano spifferi gelidi. La fata apre un armadio: dentro c'è una giacca vecchia e logora, mezza mangiata dalle tarme, con soltanto due bottoni rimasti. Con coraggio e naturalezza, Smemoraila infila la mano in una tasca della giacca, ne tira fuori una scatola scarlatta e la dà a Perche.

– Apri tutte le scatole, e poi stai a vedere.

Perche apre la scatola e capisce che cosa voleva dire Smemoraila con quel suo "tutte le scatole": dentro la scatola ce n'è un'altra, dentro l'altra un'altra ancora e avanti così finché, giunta all'ultima piccola scatolina, trova una Cinquecento in miniatura. Smemoraila prende la Cinquecento dalla scatolina, la appoggia a terra e fa la sua magia.

– Bella, Mirembur, bella! – Schiaccia un pulsante sulla fiancata e la macchinina diventa subito grande come una di quelle vere. Dal portellone posteriore spuntano due ali bianche e piumate, dal bagagliaio un'elica e, infine, sul cruscotto, una cartina.

– Sali, Perche, premi "Alomia" sulla cartina e partiamo! – dice la fata.

Salgono a bordo della Mirembur e Perche mette il dito su Alomia: si apre davanti a loro una sorta di tunnel di luce violacea con sfumature dorate e, alla velocità del vento, arrivano a destinazione.

Il segreto di Dorarin

Smemoraila e Perche scendono dalla Mirembur. La fata schiaccia di nuovo il pulsante sulla carrozzeria, l'auto torna minuscola. Smemoraila dice a Perche di mettersela in tasca. Frattanto, dei piccoli esserini alati hanno incominciato a svolazzare sulle loro teste: Perche ne è incantata. Ma poi, di colpo, a oscurare lo spettacolo si materializza un nuvolone bianco, da cui spunta una scala a pioli dorati. Smemoraila inizia a salire e Perche le va dietro, fin dentro la nuvola. E lì, nuovo shock: un castello d'oro, con i tetti delle torri rosa scuro e le finestre bianchissime. Una ragazza alta, magra e anch'essa alata, con un vestito giallo e una tiara color oro, che se ne sta seduta su una panca, le vede e le saluta.

– Oh! Smemo! Che piacere vederti! Credo di sapere perché sei qui... aiuterò io Perche a trovare quello che cerca!

– Grazie Dorarin! – le risponde Smemoraila. Poi si rivolge a Perche. – Questa è Dorarin e ti aiuterà a trovare Meraviglia. Io torno indietro, la Mirembur è tua, quando avrai trovato il tuo sasso torna pure a casa senza passare dalla locanda.

– Va bene, grazie fata, grazie, grazie mille! – la saluta Perche. Dopo entra con Dorarin nel castello ma Dorarin prende all'improvviso a disperarsi e a singhiozzare, poi scappa via. Perche si guarda intorno e si accorge che su uno specchio c'è scritto:

tua sorella Coccolina
ha mangiato un fungo
nel bosco Luminos
e si è trasformata in un lupo
quando la prendiamo
la facciamo a bistecche
Dor non provare a nasconderti
perché quando ti troviamo
sarà peggio per te

Allora Perche tira fuori di tasca la Mirembur, preme il pulsante d'ingrandimento, cerca "bosco Luminos" sulla cartina e parte. La Mirembur atterra in una radura rigogliosa di fiori coloratissimi, che si illuminano quando lei li tocca. Perche se ne va in giro in cerca di Dorarin. A un certo punto sente piangere dietro un cespuglio: sposta le foglie e vede Dorarin che tiene in braccio una lupacchiotta dal pelo verdino chiaro chiazzato di spirali gialle.

Dorarin dice tra le lacrime: – Ingrandisci la Mirembur… dobbiamo andare a Silenziatoia.

Acqua e desideri

Silenziatoia è lontana, ci arrivano solo dopo qualche ora di volo. Dorarin sembra molto sicura di sé mentre le dice di svoltare di qua e di là, per le strade e per le piazze antiche lastricate. Il tutto somiglierebbe molto a un borgo medioevale, se non fosse per il fatto che le case sono fatte di un certo velo azzurrino che le fa sembrare di vento. Perche e Dorarin sbucano in una grande piazza, al cui centro c'è una gigantesca fontana di marmo decorata con statue di sirene che hanno fiori profumati tra i capelli e che spruzzano schizzi e giochi d'acqua spettacolari.

– Vieni, Perche! – le fa Dorarin. – Inginocchiamoci ed esprimi il tuo desiderio. Ma attenta! Dovrai fare quello che hai sognato alla locanda, se vuoi che Meraviglia rimanga con te... altrimenti se ne andrà di nuovo!

Perche si inginocchia e dice a mani giunte: – Meraviglia, torna qui da me! Ti prego ti prego ti prego ti prego!

Dorarin fa lo stesso, implorando di far tornare umana sua sorella.

Nella fontana si alza uno spruzzo. È Meraviglia! Perche la afferra con gli occhi pieni di lacrime e la stringe forte per un lungo minuto.

Frattanto, anche Coccolina, al fianco di Dorarin, da lupa è tornata ragazza. Ha due lunghe trecce di folti capelli neri e una gonnellina di lino marrone abbinata a una maglietta bianca. L'aria dolce e tenera ma anche di una che non si arrende mai, una di quelle che sanno emozionarsi e intenerirsi per un nonnulla ma anche andare avanti senza lasciarsi abbattere dalle avversità. Dorarin la abbraccia commossa e la abbraccia anche Perche.

Oh, mia cara, conducimi da Notte!

Meraviglia, invece di essere del suo solito grigio decorato dal fulmine bianco, adesso è color granata, con su incisa una frase: *Per liberare il Principe, prima devi prendere le chiavi per entrare.*

Ovvio, si dice Perche, mica può sfondare la porta con una spallata, pensa che male si farebbe, e poi di certo non sarebbe una bella entrata in scena, non bella come presentarsi al Principe dopo essere arrivata tutta tranquilla con le sue belle chiavi in mano ed essere entrata senza fare la minima fatica. Ma intanto non ha proprio la minima idea di dove andare a prenderle, quelle maledette chiavi. E qui torna in gioco a soccorrerla Meraviglia, su cui adesso si legge: *Vai da Notte, nel villaggio di Buiustown. Fatti dare le chiavi da lei, che è la governante del Principe.* E così Perche, Dorarin e la lupa ripartono in tutta fretta e, dopo una lunga notte trascorsa in viaggio tra venti gelidi e manovre avventate per evitare gli uccelli che volano contromano, arrivano finalmente a Buiustown. Vanno da Notte che gli dà le chiavi e subito ripartono, dirette di nuovo al torrione in cui è rinchiuso il Principe Notterabù.

Ora sei libero

Perche arriva nella radura che ha sognato, di fronte ai ruderi del castello, e Meraviglia la guida al portone della roccaforte. Perche fa girare nella serratura del pesante portone le chiavi che le ha dato Notte, ed entra spingendo a fatica le ante, che cigolano rumorosamente sui cardini. Adesso è in una sala con il pavimento piastrellato di bianco e di rosso, con tante candele accese sospese in aria, che le indicano la strada verso la cima della torre. Giunge davanti ad una nuova porta, che stavolta però si spalanca da sola. Oltre, c'è un letto a baldacchino con coperte di broccato e dentro il letto il Principe Notterabù, ancora profondamente addormentato nonostante tutto il frastuono provocato da Perche.

Perche vede un vaso da fiori sul comodino, lo prende e gli rovescia l'acqua addosso per svegliarlo. Il Principe urla e rabbrividisce, gli occhi ancora chiusi; quando li apre, si guarda intorno spaesato, poi capisce.

– Grazie! – dice ancora mezzo addormentato. Poi si alza, apre l'armadio e ne prende una scatola, da cui si sprigiona un profumo inconfondibile di cioccolato fondente.

Perche adora il cioccolato, tanto che abbraccia il Principe ringraziandolo di quel graditissimo dono. Notterabù le spiega che di quel cioccolato potrà mangiarne un pezzetto al giorno senza che finisca mai, perché ogni volta, prodigio! la barretta ritorna intera.

E così ognuno se ne torna a casa sua, con tante cose da raccontare e un grande sorriso stampato in faccia.

Questa è la verità

Appena arrivata a casa, Perche appoggia sulla consolle dell'ingresso la scatola di cioccolato del Principe e chiama a gran voce i suoi genitori, che saranno di sicuro assai preoccupati per lei. Ma loro non ci sono: sfido, sono le dieci e mezza e di mattina, normale che a quell'ora siano al lavoro. Perche però muore di fame e allora prende la barretta dalla scatola e la morde.

Risultato: si sente venir meno e sviene battendo la testa mentre Meraviglia le scivola fuori di tasca. E allora Meraviglia, che dalla fontana magica ha acquisito poteri straordinari, si tramuta in colombella e vola rapida verso Alomia, da Dorarin e Coccolina. Le due, vedendola, si allarmano.

– Perche ha assaggiato il cioccolato del Principe ed è svenuta! – dice Meraviglia.

Dorarin e Coccolina si trasformano velocemente anche loro in colombelle e volano rapide come il vento verso casa di Perche. La trovano ancora a terra senza sensi mentre sulla consolle, vicino alla scatola della cioccolata, ora c'è un vasetto con il tappo di sughero, lì accanto un biglietto con una scritta: *For our very curious daughter*. Ricordatevi bene di questo vasetto, perché vi racconterà questa storia ribaltata.

Comunque, Dorarin apre il vasetto e ne fuoriesce una densa e spessa bolla d'aria. Dentro la bolla ci sono i fantasmi dei genitori di Perche. Rivelano alla figlia esanime, che però non può sentirli: – Cara Perche, è importante che tu sappia che non ci rivedrai mai più. Siamo entrati dentro di te per contrastare l'incantesimo lanciato da Smemoraila e il Principe... suo figlio! Tu forse già sospettavi che noi fossimo magici e, di fatto, lo siamo: siamo crocchi e non crocchi come tutti gli altri ma crocchi in grado di eseguire il marofuoco trasparente. Ma questo non è così importante adesso. Quello che conta ora è che Gecaispel, ovvero Smemoraila, vuole impossessarsi di te per ragioni assai complicate, ed è fondamentale che tu non glielo permetta. Noi siamo già dentro di te per proteggerti dal suo piano ma per permetterci di farlo devi prendere una scaglia del Demongliai, il drago di Carlitobonga, e mangiarla. Non dimenticare mai che noi saremo sempre con te, ovunque ti porti la tua infinita curiosità, e non pensare mai di averci persi, perché stai certa che ti staremo addosso proprio come se fossimo davvero ancora vivi.

Una volta terminato il triste discorso della mamma e del papà di Perche, la bolla scoppia.

Dorarin si mette a riflettere. Come ha potuto mai Smemoraila ordire tutto questo, proprio lei che sembrava così carina? Ma forse una spiegazione c'è e di sicuro c'è almeno una possibile soluzione da tentare.

Si parte per un'altra avventura

Dorarin e Coccolina si trasformano in rondini e volano verso il paese di Carlitobonga dove, sul monte di Ogard, vive il temibile Demongliai. Certo, non sarà mica facile strappare una scaglia ad un drago senza che se ne accorga ma devono per forza provarci, altrimenti che ne sarà di Perche? Le due arrivano a Carlitobonga dopo venti minuti di volo, si ritrasformano in donne e incominciano a salire su Ogard. Dopo un po' sentono come un ringhio, o un ruggito, e seguono il suono fino a giungere in vista del Demongliai.

Coccolina elabora velocemente un piano e lo illustra frenetica a sua sorella Dorarin: –Allora, tu adesso raccogli un po' di more spinose, te le metti in questa cesta e fingi di tornartene a casa ma invece ti arrampichi su quell'albero e gliele le rovesci sulla coda quando ti passa sotto: ma stai attenta a farlo sembrare un incidente, così ti puoi proporre per aiutarlo, e intanto che gli togli le more gli strappi via anche una scaglia e la nascondi. Va bene? Al resto penserò io.

Dorarin fa come le ha detto Coccolina. Raccoglie le more mentre Coccolina, avvicinatasi al drago, lo stordisce con una melodia. Così Dorarin, dopo avergli rovesciato addosso le more di nascosto dalla cima dell'albero, può mettere tranquillamente in atto la parte successiva del piano che prevede che lei finga di aiutarlo per tirargli via delicatamente una squama dal dorso senza che lui si accorga né sospetti di niente. Dopo di che, le due se la filano alla svelta, tramutate di nuovo in colombelle. Coccolina con la preziosa scaglia stretta nel becco.

Una volta tornate nuovamente umane a casa di Perche, le mettono la scaglia di drago in bocca e Perche si rialza fresca come una rosa.

– Perche, devo dirti una cosa... – inizia Dorarin e le spiega tutto.

Perche è gonfia di lacrime e, stranamente, nemmeno un po' curiosa di scoprire cosa sia questo "marofuoco trasparente". Ma Coccolina trova subito il modo di tirarla su.

– Che ne dici di venire a vivere con noi ad Alomia?

Perche smette di colpo di piangere e accetta entusiasta e felice.

Così le tre se ne vanno ad abitare tutte assieme nella bella casa di campagna delle sorelle ad Alomia, dove Perche ha la conferma che i suoi genitori avevano proprio ragione: non dovrà mai abbattersi, perché loro saranno sempre con lei e, dopo tutto, la felicità puoi sempre trovarla ovunque e in ogni momento, se solo te la sai andare a cercare.

Una storia curda

di Monia Minnucci

Non ho un nome e un cognome: sono solo un uomo curdo, uno dei tanti, con il mio nome di battaglia: Heval Agir, che significa “compagno fuoco”.

Ma un tempo anch’io sono stato ragazzo, un ragazzo curdo, e allora sì che avevo un nome e un cognome... ma da dove vengo io era tutto sbagliato e l’ho dimenticato. Ho dovuto dimenticare.

Mi fa male lo stomaco, posso mangiare poco, una volta sono stato ferito e ne risento ancora, ma soprattutto sono stanco. La mia non è una stanchezza fisica, perché sono molto allenato, ma una stanchezza mentale e quando la guerra finirà – perché prima o poi la guerra dovrà finire – andrò nel paese della mia amata a curarmi e a rifarmi una vita. Ora, tutto ci è proibito; ma l’ho vista sul cellulare, che solo da poco ci è stato consentito di usare per pubblicare le fotografie della nostra lotta. Ho violato le regole: ho sbirciato su Facebook e l’ho trovata. Ha una forte fede, è un’idealista, l’ho capito da tutte quelle fotografie di cortei che ha sul suo profilo. Ed è bella, ha gli occhi chiari: da quello che scrive, sembra diversa da tutte le altre. Chi è? Cosa fa? Come vive? Ci penso spesso, è fantastico. Ora però devo andare: questa missione è una cosa seria, potrei morire, e poi ho un gruppo di giovani combattenti da guidare e ora non posso permettermi di pensare a queste cose; ma stasera, se sopravvivrò, la vedrò nei miei sogni.

La missione è finita ma continuo a sentire nelle narici la puzza di sangue e di merda. Sapete, è difficile da spiegare. Ho la divisa imbrattata di sangue e anche dopo che una donna lupo – così noi chiamiamo le nostre donne curde – l'avrà lavata con le sue mani stanche, segnate e benedette, quella puzza mi resterà attaccata addosso comunque: non serve a niente insaponare e grattare, perché quella è la puzza della guerra e noi ce l'abbiamo dentro.

Oggi hanno ucciso uno dei miei. Non sono riuscito a proteggerlo. I jihadisti gli hanno mozzato la testa proprio davanti a me. È stato versato sangue giovane e io sto male, perché non posso gridare a nessuno il mio dolore. Del resto, è la normalità qui. Ogni giorno i miei compagni e io vediamo morire qualcuno e, senza bisogno di dircelo, sappiamo che un giorno o l'altro sarà uno di noi il prossimo martire della nostra rivoluzione, che verrà il suo turno di essere portato in spalla dal nostro popolo, tra lacrime e inni patriottici. E allora penso a lei, perché vorrei sentirmi amato ancora una volta, prima della gloria... prima della morte.

Oggi ero appena uscito di casa quando il boato assordante che ha squarciato il cielo mi ha gettato a terra con una caviglia sanguinante. Non provavo dolore ma mi hanno portato all'ospedale lo stesso, perché qualcosa, forse un pezzo di lamiera, mi si era conficcata nella carne. Ho fatto comunque in tempo a vedere l'auto, ridotta ad un rottame in fiamme: un'autobomba, un souvenir dei miei nemici. Vogliono uccidermi. Fortunatamente neanche stavolta ci sono riusciti ma non posso più stare qui nella base militare, ora dovrò cambiare casa ogni giorno, per la mia sicurezza. Questa è la mia realtà. Ed è per questo che quando ho acceso il cellulare l'ho cercata. L'ho anche sognata mentre ero sotto anestesia in ospedale: le spiegavo chi sono e le confessavo i miei sentimenti. Lei inclinava il capo timida, si sentiva a disagio, aveva paura di non piacermi. Ma a me non importava se fosse brutta o bella, né del suo passato; a me importava del suo grande cuore. Le chiedevo di trovare il coraggio di svelare i suoi sentimenti per me, perché anch'io l'amavo. Poi mi sono svegliato.

Mi sono fatto coraggio, le ho chiesto l'amicizia, così, senza pensarci troppo. L'ha accettata. Non avrei dovuto farlo, lo so, ma sono dodici anni che vivo in una guerra infinita, che sembra senza via di uscita e senza cuore. Quando sono diventato un combattente per la libertà, come tutti gli altri miei compagni ho dovuto fare un giuramento e questa promessa non mi permette di avere alcuna relazione: noi siamo sposati con la nostra causa. Prima, vivevamo senza avere una patria, senza poter parlare la nostra lingua o onorare i nostri morti, senza poter cantare le nostre canzoni, senza cultura né dignità, perseguitati e odiati. Noi viviamo da sempre senza libertà. Quindi, la mia non è stata una scelta; in effetti, nessuno di noi ha mai avuto scelta, se non quella di migrare dimenticando e rinnegando le proprie origini, o viceversa quella di restare, in Turchia o nelle altre tre parti in cui hanno diviso il nostro Kurdistan, restare e combattere per la propria vita. Io ho scelto di combattere. Ma tutte queste cose lei non le sa, non riesce neppure a immaginarle; del resto come potrebbe? Normale quindi che sia diffidente. Ma un giorno le proverò che non la stavo prendendo in giro: quando sarò nel suo paese in Occidente, magari succederà, forse per curarmi una ferita di guerra. E allora finalmente potrò restare a lungo con lei, le accarezzerò i capelli, la proteggerò e saremo felici.

Sono giorni che ci scriviamo, cambio profilo ma non cambio le mie intenzioni. Le ho chiesto se mi ama ma lei non risponde, è evasiva, mi spiega che ha sofferto e che le serve tempo. Io non ho tutto questo tempo, sono stanco di vederci sterminati dall'umanità intera. Vorrei solo sentirmi dire queste parole, per poterle custodire con me, nel mio povero cuore strizzato dalla solitudine di una divisa e di un mondo che ci vuole morti o zitti.

Lei mi domanda: perché sei lì? E io non so cosa risponderle.

La mia mente vaga, poi ritorna al glorioso tempio dei ricordi: ma è come trovarci un doloroso muro, è come se i ricordi fossero migranti e, dall'altra parte, ci fosse la mia corazza di filo spinato, e soldati che li respingono senza pietà. Ma qualcosa passa, qualcosa sopravvive, anche se in forma di nebbia lontana. Sono un curdo turco, non c'è libertà per noi in Turchia. Mio padre era un politico, è stato arrestato dai servizi segreti e torturato fino alla morte. Da allora, con i miei fratelli e le mie sorelle, abbiamo tentato ogni via legale ma non è servito a nulla, nessuno ci ha dato giustizia. Chiedevamo giustizia e non vendetta, allora. Mia madre rimase sconvolta e ne morì. Avevo una compagna, era bella Jasmine, con i suoi capelli neri, lunghi fino alla vita, e occhi nocciola così grandi che mi ci perdevo dentro come in un bosco delle favole. Ci amavamo, siamo cresciuti insieme, ci conoscevamo sin da piccoli e insieme ci siamo iscritti all'università, insieme avremmo dovuto laurearci. Ma i soldati, quando mi incontravano – e capitava spesso – mi dicevano: conosciamo tuo padre, sappiamo chi sei. E così abbiamo capito che non ci avrebbero mai lasciati vivere in pace, e ci siamo arruolati. Volevamo un figlio ma non potevamo crescere un figlio in una zona di guerra. E poi, c'erano delle regole.

Nebbia, nebbia, non ti diradare, cosa ne è stato della mia Jasmine? Lei è stata uccisa. Io invece sono rimasto in vita con i miei colossali sensi di colpa e impotenza. Tutta la mia famiglia è stata punita a causa della mia scelta, sono stati tutti arrestati e torturati, anche se non avevano fatto nulla: unica loro colpa: volermi bene. Sicuramente una colpa meno grave di quella dell'essere curdi.

Io solo sono rimasto vivo. Vivo, sì, ma che vita è questa? Sangue e merda, solo sangue e merda e una scimmietta che mi avevano regalato e che stava con me sulle montagne; ma un giorno è morta anche lei e sono rimasto solo, di nuovo, e l'ho odiata, povera scimmietta.

Gliele scrivo, queste cose, e stavolta è lei a restare senza parole. L'ho sconvolta ma questa è una storia curda, non una storia europea. Noi siamo abituati a veder morire i nostri cari. Carne e sangue deprezzati e stracciati: si chiama genocidio.

Le chiedo di nuovo se mi ama. Non ottengo una risposta vera, quella che vorrei. Le scrivo che sarò paziente e continuerò a parlarle, sperando che non sia troppo tardi per una sua decisione. Sono belli i nostri discorsi, scopro che scrive e dipinge, mi fa vedere un quadro. Le dico che è un'artista di grande talento. Tu dipingi, io combatto, le dico.

Il più bel complimento che potessi ricevere, mi risponde.

Mi ha fatto vedere la foto della sua cagnolina. Io le ho mandato una mia foto con un pappagallo grigio, dove si vedono solo il mio braccio, l'orologio al polso e il pappagallo nella gabbietta. Per motivi di sicurezza non posso inviarle una mia foto intera.

È bello, dice.

Uno stupido pappagallo, rispondo.

La verità è che mi sento solo, e pappagalli, gabbiette, scimmie e morti non cambieranno questa realtà. Uccidere è disgustoso ma mi sono dovuto difendere, anche se in ogni soldato morto non ho trovato né l'assassino di mio padre, né pace per me e per il mio popolo. Dicono che tutto deve finire al Parlamento Europeo, che è là che si deve risolvere la "questione curda". Da una parte siamo ritenuti terroristi, dall'altra giudicati salvatori dell'umanità. Ma questo è un ossimoro: noi abbiamo combattuto corpo a corpo, anche per voi, contro Daesh. Siamo gli unici a combattere davvero contro l'Isis.

Rojava, Rojava, voi conoscete solo il Rojava, siamo in guerra da cento anni... cento anni. Dove eravate quando avevamo bisogno di voi? Non abbiamo bisogno di te, non abbiamo bisogno di nessuno, solo le montagne ci sono amiche!

Questo è quello che un giorno le ho urlato. Ero arrabbiato, perché invece non mi importava più della guerra, della causa, io avevo solo bisogno di lei e questo mi rendeva un uomo debole e meno devoto. E lei se n'è subito accorta.

Sei arrabbiato con me perché sono europea? È per questo che sei arrabbiato? Credi che io la pensi come i nostri governanti? Credi che io non sappia che cosa significa la parola genocidio? Ti sbagli: mio nonno era un partigiano. Credi che non capisca cosa sono lo stupro o la violenza? Pensi che in Europa non abbiamo di questi problemi? Ti sbagli: sono stata anch'io stuprata e picchiata, non ce l'avete mica voi il primato della sofferenza, io non ti ho mai giudicato e tu non puoi giudicare me senza conoscermi!

E allora mi sono sentito tremendamente in colpa, non la finivo più di scusarmi, le sue parole mi avevano fatto rabbrividire. Mi scusavo soprattutto perché lei non c'entra nulla con la mia guerra e perché la solidarietà dei popoli europei è molto importante per noi. Ma questa è una storia curda e, ancora una volta, ho dovuto salutarla, sono dovuto partire per un'altra missione. Al mio rientro, due giorni dopo, ho trovato come al solito tanti suoi messaggi, so che lei è spaventata, perché è una storia curda, che lei non può capire, ma io cerco comunque di tranquillizzarla. Le dico che se non scrivo è solo perché qui abbiamo molti nemici ma che lo farò ogni volta che è possibile, che può starne certa.

Ogni tanto le insegno qualche parola in curdo, tipo amore, ti amo e mi manchi... lei lo trova difficile, la nostra lingua ha un ricchissimo vocabolario. Ma mi scrive anche che trova più difficile amare o essere amata, che dire o scrivere "amore"; non mi ha ancora raccontato tutto ma dal poco che mi ha confessato so che c'è un perché alla sua distanza, e io la vincerò.

Il cellulare si è rotto durante uno scontro e non posso più accedere al mio profilo. Sono stato anche ferito a un braccio. Lei non ha più mie notizie da mesi, né ne ho io di lei: ho il cuore spezzato.

Ho aperto un altro profilo: è vietato ma ho bisogno di sapere come sta. In Europa è scoppiata una grande pandemia e io voglio che lei stia bene e si protegga. Come immaginavo, ha subito accettato la mia nuova richiesta di amicizia. Riconosce le fotografie: io cambio il nome o il soprannome ma lei lo sa che sono sempre io. Sua madre è morta, non sanno di cosa, pensano il Covid. Aveva un cancro ma era in cura e stava benino; poi, un giorno, dopo una Tac in ospedale, ha avuto febbre alta e difficoltà respiratoria e a causa dell'emergenza Covid non è stato possibile darle soccorso, e neppure farle un tampone. È morta il giorno dopo. Ho visto il video del funerale, anche se in realtà non c'è stato un vero funerale, soltanto una preghiera del prete e degli addetti alle pompe funebri. Non ha potuto neanche dirle addio: non la vedeva da un mese a causa delle restrizioni. Mi spiega che sua madre credeva nelle istituzioni, pagava le tasse, rispettava la legge e cosa ha ricevuto in cambio? Un bel niente, neppure un tampone. E come lei tanti altri.

Un po' come succede con i nostri morti, che ce li seppelliscono alla buona sotto i marciapiedi o nei cimiteri dei senza nome. E noi, quando finalmente riusciamo a ottenere i loro resti – spesso ci vogliono mesi, e tante volte non ce li restituiscono affatto – li riseppelliamo senza il conforto degli amici, soltanto con i familiari più stretti che piangono nell'oscurità, guardati a vista dalle forze di polizia, con la rabbia che gli sale dentro mentre piangono e giurano vendetta. Persino morire è una colpa, qui. E anche questo è una storia curda.

Quando meno te lo aspetti verrò da te e sarà molto presto, prima di quanto immagini, le ho detto, e lo avrei fatto, perché ci sono parecchi Stati amici nei quali noi possiamo essere ospitati per curarci. Le ho detto questo in barba alle regole e al mio giuramento; a rigore dovrei essere considerato un traditore e allora adesso è a voi che lo chiedo: lo sono davvero? Amare una donna può voler dire tradire, tradire un ideale che si ama al di sopra di qualunque cosa e a cui si era già consacrata tutta la propria vita? Sono un debole, un codardo che inganna una donna in difficoltà o forse semplicemente non ho scelta, se non quella di assumermi le mie responsabilità e lasciarla andare una volta per tutte?

Sono belle le vostre montagne? Mi ha chiesto un giorno.

Le ho risposto che non c'è nulla che manchi alle nostre montagne. Hanno una storia devota di lotta e di martiri, queste rocce sono vive e la terra è innaffiata del sangue vittorioso del nostro popolo resiliente. Vieni, vieni da me, le ho detto, e saremo due guerriglieri nella grazia di Dio.

Ha risposto: non posso, non so uccidere, non mi sono difesa mai, neanche quando sarebbe stato necessario.

Ma io so che lei ci ha pensato tante volte e probabilmente ci pensa ancora. Ha accarezzato il pensiero così forte che a tratti potevo sentirla di fianco a me. Anch'io ho avuto spesso la tentazione di abbandonare tutto e scappare via, di gridarle forte addosso che non ci sono eroi, che c'è solo tanta morte e un prezzo disumano da pagare affinché i giovani figli del Kurdistan siano liberi. Poi un giorno è scoppiata la pandemia, tutto il mondo ha chiuso le frontiere e il nostro sogno è andato in pezzi. Così, alla fine è stato il destino a decidere, per me e per noi: io avrei pagato il prezzo per la nostra libertà di curdi. Non avrei commesso tradimento e ne ero quasi sollevato, non avrei mai potuto vederla ma di certo lei si sarebbe sentita tradita da me. Lei, che troppe volte è già stata abbandonata, avrebbe toccato il suo idolo splendente e la doratura le sarebbe rimasta sulle mani, perché non ci sono eroi, e poi allora forse la pandemia l'avrebbe portata via, insieme a milioni di altre vite. E con lei sarebbe morta anche questa storia, questa confessione di fragilità umana in una lotta disumana e impari. Avevamo perso entrambi ma io un po' di più.

Se non ci fosse stata la guerra, saresti venuto da me? Mi chiedeva.

Si, sarei venuto. Le rispondevo.

E lo avrei fatto davvero: ma intanto, se non ci fosse stata guerra, io non l'avrei mai incontrata. Sarei stato un ragazzo curdo in Turchia, sposato alla mia Jasmine, felici su una terra libera.

Sono stato arrestato due volte, mi hanno catturato che ero svenuto, per questo non ho potuto farmi esplodere, perché è meglio la morte che finire nelle loro mani. Tutte e due le volte sono rimasto in prigione per anni, e tutte e due le volte sono riuscito a evadere: una volta abbiamo scavato un tunnel, mettendo la terra nei calzini e scaricandola nel cesso di notte; un'altra abbiamo saltato la recinzione. Le prigioni turche non sono uno scherzo – modello americano – eppure io sono evaso per ben due volte, e ho corso, ho corso tanto per raggiungere le mie montagne libere, e ciò che mi imbarazzava è che ora stavo per fuggire di nuovo ma stavolta fuggivo via da lei, da tutte le promesse che le avevo fatto e che lei non sapeva che non avrei mai potuto mantenere. Non fuggivo per essere un eroe, non questa volta. Non più ai suoi occhi.

Se ti succede qualcosa come faccio a saperlo? Mi chiese.

Ti scriverò, tornerò da te ogni volta: ma se non dovessi tornare, devi sapere che sono diventato un martire, le risposi.

E lei: non dire queste cose...

Sorridi, perché io starò sorridendo, le risposi. E poi non le scrissi più.

So di averle spezzato il cuore.

Se fossi rimasto, avrei tradito il mio popolo e la mia promessa. Ma andandomene ho tradito la fiducia di lei, perché, finché non ci sarà libertà, ci racconteremo solo e sempre due storie: una storia curda e una storia europea, che per un attimo, il tempo di un sogno folle, si sono incontrate. Quando mi sono rotolato a terra, ferito, sporco di polvere e sangue, la vista appannata, lei era lì davanti a me. Ho pianto mentre mi scusavo per il dolore che sapevo di averle recato e le raccontavo tutta la verità della mia condizione, della promessa alla mia causa che non le avevo spiegato. Mi sentivo trasportare fra mille voci e ordini, tonfi e impronte di scarponi sulla sabbia ma io guardavo solo lei. Le ho dato la mano e insieme ce ne siamo andati nella terra dei sogni, la stessa che ci ha fatto incontrare, dove ogni lacrima è stata confortata.

Avrebbe letto il mio nome sul giornale, senza sapere che nel momento della fine la mia anima era stata un "noi", e che il mio ultimo respiro era stato per scaldarla, come vento del deserto.

Non l'avevo cercata per non tradire il mio popolo, la mia gente, che ha davvero sofferto troppo. Proprio come ho sofferto io, tanto da essermi voluto rifugiare nel sogno della vita che sarebbe stata, in un mondo più giusto e meno codardo. Quel sogno è stato un respiro in mezzo alla guerra e all'orrore e il suo nome mi è caro tanto quanto la mia promessa. Non sono un eroe, non esistono gli eroi. Sono solo un uomo. Un uomo curdo.

Quello che posso affermare con certezza è che, un giorno, lei avrebbe raccontato questa storia, con la sua penna tremante e seria, curva sulla sua scrivania, e sola, come lo era sempre stata, perché questo era il suo destino determinato. Una solitudine simile alla mia, quasi una maledizione per me, che in questa storia divisa a metà muoio da eroe e da codardo. Sono sicuro che un giorno l'empatia avrebbe trasceso la pena del tradimento che le avevo causato e avrebbe, ancora ed ancora, risentito in testa le mie parole:

«Non stancarti del mio popolo, la guerra mi ha sporcato e se ti scrivo ancora sporcherò anche te. Noi non vogliamo la guerra, non amiamo combattere, ma vogliamo essere riconosciuti come popolo e avere gli stessi diritti di cui voi già godete, vogliamo essere trattatati con dignità, e desideriamo che i crimini di cui siamo stati vittime siano riconosciuti come tali, affinché i responsabili siano giudicati da un tribunale internazionale e paghino. Tu hai il diritto di stancarti di me, ma non stancarti mai di questa causa.»

Forse sono pazzo o mi giudicherete tale, ma allora, potei sentire la sua guancia calda di lacrime e solcata dai mille rivoli del sale dell'addio.

«Con te o senza di te, tutto questo mi ha cambiata per sempre, io non mi stancherò che tu ci sia o no, è una promessa!», mi aveva risposto.

L'ha mantenuta, perché nessuno meglio di lei poteva sapere che una storia la puoi vivere, ma se non la scrivi, se nessuno la conosce, sarà gettata nella pattumiera della storia insieme a milioni di altre storie taciute, e il virus purulento del crimine continuerà a diffondersi e ad infettare altre vite, senza rimedio.

Per questo l'ho scelta: «Nonostante tutto, nonostante tutti voi, lei mi avrebbe assolto. **Sangue e merda... Ciao**».

La ragazza curda (Monia Minnucci)

Notte stellata
(Monia Minnucci)

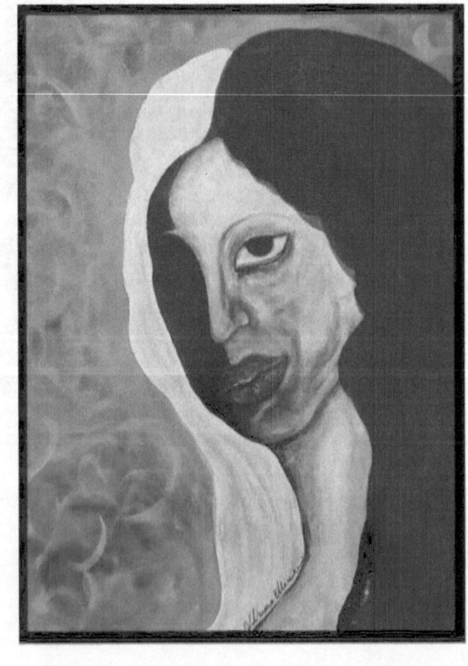

La stria
(Monia Minnucci)

La notte
(Monia Minnucci)

La gorgone
(Monia Minnucci)

Sogno (Monia Minnucci)

LE NOSTRE AUTRICI, I NOSTRI AUTORI

Kenji ALBANI ha già conseguito il suo primo obiettivo di totalizzare pubblicazioni e partecipazioni ad antologie. Il passo successivo che gli piacerebbe ora compiere sarebbe quello di realizzare il suo sogno di scrivere un best seller.

Angela BATTELLI ha gusti letterari eclettici, che spaziano dall'horror fino ai classici. Scrive spesso del suo passato, di quello della sua famiglia, delle sue origini, con l'intento di riportare nel presente una traccia delle proprie radici.

Anna BOTTURA viaggia nei suoi mondi fantastici sin da quando era bambina. Da adolescente qual è oggi, lo fa con soddisfazione scrivendo, e non le dispiacerebbe affatto diventare famosa come il suo grande idolo J. K. Rowling.

Ida DANERI indaga il sogno e la magia, lo straordinario contrapposto al quotidiano: avventura, romanticismo, sensualità, erotismo sono le principali leve che stanno alla base della sua immaginazione.

Cristina DONATI respira indifferentemente la montagna e il mare, le emozioni dell'adolescenza e la logica razionale del giornalismo, l'antica galenica e la moderna farmaceutica; il blogging per raccontarsi, e le curatele editoriali per raccontare altro.

Patrizia LO BUE adora la storia e le storie della sua terra, l'arte, la natura e gli animali; le leggende e le vere vicende di ieri, e quelle che continuiamo a inventarci oggi. Il tutto entra ed esce dai suoi racconti.

Maria Angela MARETTI alterna la predilezione per le lettere di ogni latitudine all'impegno civile a sostegno di ogni popolo della terra. Ha incominciato a scrivere durante la pandemia, e si ritiene curiosa quasi di ogni cosa: non della cucina, che detesta.

Felicia MAROTTA insegna per passione e scrive per diletto: poesie e racconti per ragazzi e non, sfumature e dettagli da portare sulla pagina, in cui la ricerca di una via di fuga nell'immaginazione convive col ricordo e con l'ostinata fiducia in un futuro migliore.

Giovanni MINIO è un artista attivo a cui piace condividere e partecipare. Oltre alla scrittura adopera i linguaggi figurativi, ed è alla costante ricerca di comunicazione e confronto, tra mostre sia collettive che personali e reading di poesia.

Monia MINNUCCI è nata inizialmente poetessa, per poi affacciarsi con metodo all'arte del racconto e del romanzo. In parallelo, le sue storie e le sue emozioni prendono spesso forma anche sulla tela.

Pietro RAINERO ha insegnato materie scientifiche nei licei, e questo suo lungo vissuto didattico gli ha lasciato la curiosità per le molte facce del reale, osservate con ironia e leggerezza, con il gusto per la contaminazione e il paradosso.

Riana ROCCHETTA ha sondato la drammaturgia della memoria, sperimentato il lavoro in televisione, praticato l'arte come terapia. Nel tempo al di fuori della scrittura disegna e crea gioielli, e si dedica all'arte concettuale.

Alessandro TOZZOLA ha incominciato a scrivere da studente: preferisce esprimersi a mezzo di storie dell'incomunicabilità e dell'assurdo, che gli sembrano paradossalmente proprio quelle più adatte a descrivere il mondo.

Corrado TRINGALI ha fatto pian piano subentrare a un passato di biologo ricercatore un presente di viaggiatore, autore, illustratore e fotografo, che oggi torna a rispecchiare le sue giovanili passioni.

Adriano VIOLA ha vissuto in luoghi diversi, svolgendo di volta in volta diverse attività. Scrive per dare senso e direzione all'esperienza, agli stati emotivi. Ama gli animali, l'alimentazione vegana, i soldatini in miniatura, comporre testi per canzoni.

Collana

Riscontri Fantastici

1. *L'altro fantasy. Senza spade né draghi* (a cura di Dario Rivarossa)

2. *Brividi. Possibilità fuori da ogni zona di comfort* (a cura di Carlo Crescitelli)

3. *Invisibili guerre. cronache perse tra Oltre ed Altrove* (a cura di Carlo Crescitelli)

RISCONTRI

RIVISTA DI CULTURA E DI ATTUALITÀ

fondata da Mario Gabriele Giordano nel 1979

Quando la cultura è attualità
e l'attualità è cultura

Fondata nel 1979 da Mario Gabriele Giordano, "Riscontri", la Rivista che Mario Pomilio ebbe a definire "bella e severa", ha sempre conservato la sua fondamentale connotazione così originariamente definita nell'Editoriale programmatico: «la fede in una cultura che non sia strumento in rapporto a fini prestabiliti, ma coscienza critica della realtà; non filiazione di precostituite ideologie, ma matrice di fatti e di comportamenti anche etici e politici: che insomma proceda e operi nel vivo della comunità civile non per dogmi ma per riscontri».

Lontana dagli eccessi della specializzazione e al di fuori di ogni condizionamento che non consista nel rigore scientifico e nell'onestà intellettuale dei contributi, "Riscontri" mantiene da più di quarant'anni l'approccio globale al mondo della cultura e dell'attualità che l'ha resa celebre anche oltre i confini nazionali.

Scopri di più su

www.riscontri.net

Abbonamenti

Per il 2022, Cartaceo € 50; Digitale, € 20

Bonifico bancario
(IBAN: IT43X0306915102100000004716)
Paypal (ilterebintoedizioni@libero.it)

Il Terebinto Edizioni è una casa editrice indipendente fondata ad Avellino nel 2011 dal desiderio di preservare e di dare nuovo slancio alla ricerca storica, con particolare attenzione alla storia meridionale.

Grazie ai molti lettori che hanno sostenuto fin da subito, in edicola e in libreria, la nuova inizativa editoriale, il Terebinto ha sviluppato negli anni la sua attività aprendo il catalogo anche alla narrativa e alla poesia. A quest'ultima sono state dedicate diverse collane tra cui "Carmina Moderna" che ha fatto da volano per l'organizzazione dei concorsi nazionali "Riscontri Letterari" e "Riscontri Poetici".

Per scoprire di più su di noi
e per consultare il catalogo

inquadra il codice QR

o visita il sito www.terebintoedizioni.it

www.ingramcontent.com/pod-product-compliance
Lightning Source LLC
LaVergne TN
LVHW091309150826
845673LV00006B/1590

* 9 7 8 8 8 3 1 3 4 0 5 3 3 *